中国孩子**最喜爱的**情感读本

为自己喝彩

焦 育 ◎主编

图书在版编目(CIP)数据

为自己喝彩/焦育主编. —北京：北京大学出版社，2009.1
(中国孩子最喜爱的情感读本)
ISBN 978-7-301-14742-9

Ⅰ. 为… Ⅱ. 焦… Ⅲ. 儿童文学－故事－作品集－世界 Ⅳ. I18

中国版本图书馆 CIP 数据核字(2008)第 193755 号

书　　名：为自己喝彩
著作责任者：焦　育　主编
丛 书 主 持：郭　莉
责 任 编 辑：郭　莉
标 准 书 号：ISBN 978-7-301-14742-9/G · 2540
出 版 发 行：北京大学出版社
地　　　址：北京市海淀区成府路 205 号　100871
网　　　站：http://www.jycb.org　http://www.pup.cn
电 子 信 箱：zyl@pup.pku.edu.cn
电　　　话：邮购部 62752015　发行部 62750672　编辑部 62767346
　　　　　　出版部 62754962
印 刷 者：北京大学印刷厂
　　　　　　730 毫米×1020 毫米　16 开本　11.25 印张　164 千字
　　　　　　2009 年 1 月第 1 版　2012 年 5 月第 7 次印刷
定　　　价：20.00 元

未经许可，不得以任何方式复制或抄袭本书之部分或全部内容。
版权所有，侵权必究
举报电话：(010)62752024　电子信箱：fd@pup.pku.edu.cn

一、为自己喝彩

为你自己高兴 …………………………………… 2
创造超越的人生 ………………………………… 5
我很重要 ………………………………………… 9
展现最好的你 …………………………………… 12
看轻你自己 ……………………………………… 14
你就是一道风景 ………………………………… 16

二、我就是最大的奇迹

一个低智商的孩子 ……………………………… 20
站在迷宫的入口处 ……………………………… 23
上帝的苹果 ……………………………………… 25
海滩上的卡努王 ………………………………… 26
我就是最大的奇迹 ……………………………… 28
大鱼和更大的鱼 ………………………………… 30
小鱼与波浪 ……………………………………… 32
跃出水面的鱼 …………………………………… 34

三、向自己挑战

向自己挑战的人 ……………………………………	36
成功是个相对数 ……………………………………	40
寻找圣人 ……………………………………………	42
从罗丹得到的启示 …………………………………	44
穷人的阳光 …………………………………………	47
永远都要坐前排 ……………………………………	50
成大事只需要一点勇气 ……………………………	52
知道自己是笨鸟的种种好处 ………………………	53
大师的学生 …………………………………………	55
成为你自己 …………………………………………	57

四、成长的快乐与忧伤

踢毽子 ………………………………………………	60
演习时分 ……………………………………………	63
成长的寓言 …………………………………………	65
名人不名时 …………………………………………	67
影星和他的"侄子" …………………………………	69
一路灯火 ……………………………………………	72
圣徒 …………………………………………………	74
那盏灯 ………………………………………………	76
草房子(节选) ………………………………………	78
意外 …………………………………………………	80
林肯与少女 …………………………………………	82
有些语言是如此之美 ………………………………	84

五、永不言弃

逼你成功	88
命运无轨道	91
每一只小狗都有一个目标	93
河流是如何跨越沙漠的	95
决不放弃	96
零点五分	100
打弹弓的盲童	102
每天都做一点点	104
妈妈,我不是最弱小的	106

六、让苦难芬芳

挫折中的教育课	108
我最幸福	111
你不能施舍给我翅膀	114
让苦难芬芳	116
苦难与天才	118
位置	120
与人为善	122

七、故乡在我心

脚印	126
故乡的桃园	129
悠远的钟声	131
雨前	133
明月水中来	135
海燕	137
怀念母亲的"羊杂碎"	140

八、地球村的居民

大象、小象和人	144
三斤水	149
藏羚羊跪拜	151
母爱	153
爱	155
金翅雀	158
芦鸡	160
恻隐之心	163
一棵大树	165
动物也要过马路	167
一只蜜蜂	169

一、为自己喝彩
YI WEI ZIJI HECAI

为你自己高兴 / 刘心武
创造超越的人生 / 刘 墉
我很重要 / 毕淑敏
展现最好的你 / 何权峰
看轻你自己 / 易水寒
你就是一道风景 / 胡西淳

为你自己高兴

【刘心武】

朋友小凌自幼双腿萎瘫，在一家印制包装纸的福利工厂工作，业余爱看文学书，常到我家来借。我有一天就对他说："你怎么不立个大志向，发愤写作，也成个作家？"我自然举出了中外古今一些例子，又借给他《三月风》，激励他登上"维纳斯星座"。当时他没说什么，过些天来还书，他告诉我："我没有写作的天分，我就这样当个读者挺好。"临告别时更笑着说："我活得挺自在。我为自己高兴。"

上个星期天我在大街上看见了他，他骑着电动三轮车，后座上是也有残疾的妻子，搂着他们完全健康的小女儿，三个人脸颊都红喷喷的，说是刚从北京游乐园玩完回来。真的，他们全家都为自己高兴，那是人生中最扎实最醇厚的快乐！

为自己高兴吧！我为什么不完美？——别钻那牛角尖。要是别人问：你为什么不如何如何，那么，让我们都像小凌那样，坦然无愧地看待自己，珍爱、享受平凡而实在的人生！

一个作家朋友得了个奖，却很不高兴。为什么？因为有人问：为什么只是个地区奖，而不是全国奖？如果他得了全国奖，那么又可以问：为什么不是最高奖？如果是最高奖，那么又可以问：为什么国际上没得奖？如果国际上得了奖，那么还可以问：为什么不是诺贝尔文学奖呢？倘真的得了诺贝尔文学奖，也仍然可以极为好心地、激励他向上地、不问白不问地问他：怎么你得奖后反倒写得不那么多，而且，怎么写出的作品倒不如以前的好，怎么就没有新的突破了呢？……这样一路问下去，会有什么样的结果呢？也许会有正面的例子，但我举不出来，我只知道美国海明

一、为自己喝彩

威和日本川端康成都是在获得诺贝尔文学奖不久后自杀身亡,也许那自杀的心理因素非常复杂,但一些评论家讥讽海明威的"江郎才尽",社会舆论对川端康成达到至美至丰境界的高于富士山的期盼压力,很可能是那诸多因素中相当重要的一种。

不要为自己树立高不可及的标杆,更不要被别人往往确实是出于好心好意的刺激而陷入自卑自怨自责自苦的泥潭!

开电梯的小倪有一天刚从发廊理完发来上班,楼里乘电梯的人们都说她这下更像电视里出现过的某位歌星了;说一次也罢,后来有的人确实出于好心,出于善意,往往也是出于无聊,出于没话找话,更有出于起哄的,便不断地用这类话来激小倪,比如你为什么就不去试试,也当个歌星,也上上电视呀;你为什么就甘心窝在这小笼子里呀;你这么好的相貌这么活泼的性格,为什么不起码去当个广告模特儿呀……有一天,众人正在电梯里哄着,小倪就高声宣布说:"你们说的那位,顶多算个三流歌星,我可是个一流的电梯工!不是我像她,是她长得像我!"说完哈哈大笑起来。小倪在为自己高兴。她高兴自己的工作,自己的平凡,自己的不必上电视,自己的适得其所,自己的不为他人左右……

是的,要为你自己高兴,你的个子最适合于你,你的相貌为你所独有,你的身体状况即使不佳,即使有残那也无碍你内心的自尊与自爱,因为你在诚实地生活,在认真地工作,在挣得你应得的一份,在享受社会应为你提供的那一份快乐。你每天晚上问心无愧地安睡,你每天清晨兴致勃勃地迎接又一个平凡而充实的日子……是的,你不一定要成为维纳斯,不一定升为星座,但你可以尽情欣赏"维纳斯星座";你不一定要出现在电视上,但你在生活中完全可以拥有比那更多的乐趣……

争取不凡诚然可敬可佩,然而甘于结结实实的平凡,如小凌,如小倪,则更可爱可美……这个世界很大,机会确实很多,然而这个世界也很小,机遇又极为难得。我们应在奋力进取与适可而止之间取得一种平衡。我们要懂得这个世界不单是为不平凡的人而存在的,恰恰相反,这个世界主要是为平凡的人而存活。

为自己喝彩

WEI ZIJI HECAI

　　为你自己高兴，因为你的努力奋进已取得了一些成果；为你自己高兴，因为你能够如现在这样也真是挺不错；为你自己高兴，因为你不为自己设置徒添烦恼的标杆，更不受他人那出于好意而设置的缥缈标杆而蛊惑；为你自己高兴，为你那平凡而充实的、问心无愧的存在而高兴！

　　悲观的人，先被自己打败，然后才被生活打败；乐观的人，先战胜自己，然后才战胜生活。

——汪国真

一、为自己喝彩

创造超越的人生

【刘 墉】

不知你有没有听过这个埃及古老的传说——有个开罗人，一天到晚想发财。日有所思，夜有所梦，有一夜，他梦见从水里冒出一个人浑身湿淋淋的，一张嘴，吐出一个金币，并且对开罗人说："你想发财吗？有成千上万的金币正等着你呢。"

开罗人急着问："在哪里？在哪里？我当然想发财，我都想得快发疯了。"

"好，"那吐金币的人说，"想发财，你就得去伊斯法罕，只有到那里才能找到金币。"说完就不见了。

开罗人醒过来，辗转反侧，再也睡不着。"天啊！伊斯法罕远在波斯啊，我到底去不去呢？去，我必须穿越阿拉伯半岛，经波斯湾，再攀上扎格罗斯山，才到得了那山巅之城。我很可能死在半路。"开罗人想，"但是不去，我这辈子大概就发不了财了。"

去，不见得一定能发财，谁能相信梦里的事？但是不去，必定会悔恨。

经过几天内心的挣扎，开罗人还是决定冒险。而且，他决定只身前往。

千山万水我独行。开罗人千里跋涉，历经了许多艰难险阻，终于风尘仆仆地到达了"山巅之城"伊斯法罕。

天哪！伊斯法罕不但穷困，而且正闹土匪，开罗人随身带的一点值钱的东西都被土匪抢走了。

当地的警卫总算把土匪赶跑，发现开罗人奄奄一息，赶忙喂他吃东西、喝水，把他救活。

"看样子，听口音，你不是本地人。"警卫队长说。"我从开

罗来。"

"什么？开罗？你从那么远、那么富有的城市，到我们这鸟不生蛋的伊斯法罕来干什么？"

"因为我梦见神对我启示，到这里来可以找到成千上万的金币。"开罗人坦白地说。

警卫队长大笑了起来："笑死我了，我还常做梦，我在开罗有个房子，后面有七棵无花果树和一个日晷，日晷旁边有个水池，池底藏着好多金币呢！真是胡说八道，快滚回你的开罗吧，别到伊斯法罕来说梦话了！"

开罗人衣衫褴褛，一无所有地回到了开罗，邻居看见他的可怜相，都笑他疯了。

但是，回家没几天，他便成为开罗最有钱的人了。

因为那警卫队长说的七棵无花果树和水池，正在他家的后院。

他在水池底下，挖出成千上万的金币。

开罗人有没有白去伊斯法罕这一遭？

当然没有。虽然金币就在他自己家里，但是他不去，就不会知道。

我们的一生不也像这样吗？你确实会听见老人说："人生不过如此，一转眼就过去了。"

我们的一生好像四季，也仿佛一天，春天与秋天同样是太阳移到赤道的位置；日出与日落同样是太阳位于地平线的地方。

当我们老了的时候，体力差了，记忆力差了，我们的动作变得像是幼儿，用的词语愈来愈简单。有一天，我们吃不动了，只能吸流质的食物，确实好像回到了婴儿时期。

问题是，秋天毕竟不是春天，日落毕竟不是日出。

难道就因为我们有一天会死，就因为知道有一天自己会看开一切，我们在少年时就不必努力，我们就干脆留在开罗，不必去伊斯法罕了吗？

没有春发、夏荣，怎么会有秋天的丰收？

没有那一生的奔波、历练，怎么能得到生命的启示？

一、为自己喝彩

如果没有警卫队长的一番话，开罗人如何知道财富居然就在自己的后院？

不错，"众里寻他千百度，蓦然回首，那人却在灯火阑珊处"。

有一天，我们会发现"道不远人，就在身边"。会顿悟，其实这一生所追的不过是个虚幻。

只是，能悟到虚幻，就是一种实在。你不寻找，如何找到？你不困惑，如何顿悟？

正因为年轻，所以我们要把握这冲力，把握这浪漫，多看多学，以不辜负上天赐给我们的青春。我们要做骆驼，超越与生俱来的惰性，不懈怠，向着自己的目标迈进。在人类历史中，留下属于我们的脚印，创造属于我们这一代的东西。

属于我们这一代的东西，必然是承先启后的，是"为往圣继绝学，为万世开太平"，是站在古人的肩上高瞻远瞩，而不是顶着古人的头颅作为标榜。

"承先"是我们学到的传统，"启后"是我们自我的创造。因为：凡只会守成、师古的人，再成功都算不得狮子，只称得上是只会吃苦的骆驼。

由于医学的进步，上个世纪初，平均50岁的寿命，今天已经延长到近80岁；再过50年，更可能增加到130岁。

所以，过去几千年，古圣先贤的思考模式和价值观都可能得改变了。过去50岁的人已是"半百老翁"，而今正是"春秋鼎盛"；过去说"人生七十古来稀"，而今常讲"人生七十方开始"；过去50岁的学者，已经教我们"放下"，今天50岁的我们，却可能正要"拿起"。而且正要走下这个山头，去攀登另一个山头。

生命最重要的就是"把握当下"，因为一切古往今来，都是由"当下这瞬间"累积的，不把握当下，就不能创造永恒。

人生是要积极超越与创造，才能被肯定的。我们的一生，都在寻找，寻找生命的道理，寻找我们自己的定位。从"昨夜西风凋碧树，独上高楼"的那一刻，由"望尽天涯路"到"走向天涯路"。我们都在找。

然后，找到了，我们为那理想"衣带渐宽终不悔"。尽我们的力量，把今天的理想实现。

最后，我们老了，如同秋天，是丰收也是凋零的季节，因为每个成熟的生命，像成熟的果实，都得告别枝头。

经历了积极的一生——超越自己，使我们不再是初生的自己，我们得到了精进；创造自己，使我们没有白来，我们有了自己的下一代，且为下一代铺了路；肯定自己，我们回首前尘，历历在目，有好的，有坏的，有悔的，有悟的，我们做完了这一生的功课。只有"不负生"的人，才能够坦然地"面对死"。

"昨夜西风凋碧树，独上高楼，望尽天涯路。"

"衣带渐宽终不悔，为伊消得人憔悴。"

"众里寻他千百度，蓦然回首，那人却在灯火阑珊处。"

超越自己，创造自己，肯定自己。

愿以王国维"人生三境"的这几句话，与大家共勉。

谁若游戏人生，他就一事无成；谁不主宰自己，永远是一个奴隶。

——歌　德

一、为自己喝彩

我很重要

【毕淑敏】

当我说出"我很重要"这句话的时候,颈项后面掠过一阵战栗。我知道这是把自己的额头裸露在弓箭之下了,心灵极容易被别人的批判捅伤。许多年来,没有人敢在光天化日之下表示自己"很重要"。我从小受到的教育都是——"我不重要"。

作为一名普通士兵,与辉煌的胜利相比,我不重要。

作为一个单薄的个体,与浑厚的集体相比,我不重要。

作为一位奉献型的女性,与整个家庭相比,我不重要。

作为随处可见的人的一分子,与宝贵的物质相比,我们不重要。

我们——简明扼要地说,就是每一个单独的"我"——到底重要还是不重要?

……

当我在博物馆里看到北京猿人窄小的额和前凸的吻时,我为人类原始时期的粗糙而黯然。他们精心打制出的石器,用今天的目光看来不过是极简单的玩具。如今很幼小的孩童,就能熟练地操纵语言,我们才意识到已经在进化之路上前进了很远。我们的头颅就是一部历史,无数祖先进步的痕迹储存于脑海深处。我们是一株亿万年苍老树干上最新萌发的绿叶,不单属于自身,更属于土地。人类的精神之火,是连绵不断的链条,作为精致的一环,我们否认了自身的重要,就是推卸了一种神圣的承诺。

……

我们的生命,端坐于概率垒就的金字塔的顶端。面对大自然的鬼斧神工,我们还有权利和资格说我不重要吗?

对于我们的父母，我们永远是不可重复的孤本。无论他们有多少儿女，我们都是独特的一个。

假如我不存在了，他们就空留一份慈爱，在风中蛛丝般飘荡。假如我生了病，他们的心就会皱缩成石块，无数次向上苍祈祷我的康复，甚至愿灾痛以十倍的烈度降临于他们自身，以换取我的平安。

假如我们先他们而去，他们的白发会从日出垂到日暮，他们的泪水会使太平洋为之涨潮。面对这无法承载的亲情，我们还敢说我不重要吗？

我们的记忆，同自己的伴侣紧密地缠绕在一处，像两种混淆于一碟的颜色，已无法分开。……面对相濡以沫的同道，我们忍心说我不重要吗？

俯对我们的孩童，我们是至高至尊的唯一。我们是他们最初的宇宙，我们是深不可测的海洋。假如我们隐去，孩子就永失淳厚无双的血缘之爱，天倾东南，地陷西北，万劫不复。盘子破裂可以粘起，童年碎了，永不复原。伤口流血了，没有母亲的手为他包扎。面临抉择，没有父亲的智慧为他谋略……面对后代，我们有胆量说我不重要吗？

与朋友相处，多年的相知，使我们仅凭一个微蹙的眉尖、一次睫毛的抖动，就可以明了对方的心情。假如我不在了，就像计算机丢失了一份不曾复制的文件，他的记忆库里将留下不可填补的黑洞。夜深人静时，手指在揿了几个电话键码后，骤然停住，那一串数字再也用不着默诵了。逢年过节时，她写下一沓沓的贺卡。轮到我的地址时，她闭上眼睛……许久之后，她将这一张没有地址只有姓名的贺卡填好，在无人的风口将它焚化。

相交多年的密友，就如同沙漠中的古陶，摔碎一件就少一件，再也找不到一模一样的成品。面对这般友情，我们还好意思说我不重要吗？

我很重要。

我对于我的工作我的事业，是不可或缺的主宰。我的独出心

一、为自己喝彩

我的创意,像鸽群一般在天空翱翔,只有我才捉得住它们的羽毛。我的设想像珍珠一般散落在海滩上,等待着我把它用金线串起来。我的意志向前延伸,直到地平线消失的远方……

没有人能替代我,就像我不能替代别人。

我很重要。

我对自己小声说。我还不习惯嘹亮地宣布这一主张,我们在不重要中生活得太久了。

我很重要。

我重复了一遍。声音放大了一点。我听到自己的心脏在这种呼唤中猛烈地跳动。

我很重要。

我终于大声地对世界这样宣布。片刻之后,我听到山岳和江海传来回声。

是的,我很重要。我们每一个人都应该有勇气这样说。我们的地位可能很卑微,我们的身份可能很渺小,但这丝毫不意味着我们不重要。

重要并不是伟大的同义词,它是心灵对生命的允诺。

人们常常从成就事业的角度,断定我们是否重要。但我要说,只要我们在时刻努力着,为光明在奋斗着,我们就是无比重要的。

让我们昂起头,对着我们这颗美丽的星球上无数的生灵,响亮地宣布——

我很重要。

展现最好的你

【何权峰】

　　我的成才较晚,所以总是很羡慕那些很早就已崭露头角的同学。在年少的求学阶段,我曾一度被老师视为所谓的"坏学生",上课总是心不在焉,喜欢调皮捣蛋。有位老师甚至很"诚实"地对我说:"你将来不会有什么出息的!"

　　还记得有一回上课,老师看见许多同学都在打瞌睡,于是说:"要打瞌睡可以,有本事就不要趴在桌上睡。"结果我灵机一动,有道是"上有政策,下有对策",马上就地取材,干脆把座位旁边拉百叶窗的升降线直接挂在脖子上(看起来像上吊那样)。心想,我还真是个"天才"!

　　当我正喜滋滋地为自己的"创意"暗自窃喜时,孰料,整个百叶窗竟"唰"的一声掉了下来。"这下可糗大了!"只见全班同学都笑成一团。

　　"混蛋!"老师大声地叫骂道,"你给我到后面罚站,从来没见过这么不长进的学生。"为此,我有很长一段时间都过得很抑郁,更甭提学业功课这一回事。每次回想起这段往事,总让我哭笑不得,我也搞不懂为什么自己会像小丑一样尽情搞笑耍宝。

　　直到十几年后,我有幸成为人师,当我看到一些调皮捣蛋的学生在作怪时,我终于明白"这是怎么回事"了!

　　原来,我们的问题即是无法认清和肯定自我。对!就因为这样,所以只好借着制造麻烦、搞笑,来引人注意。

　　今天,我却毫不避讳地将自己这段不甚光彩的求学过程写出来,目的是希望读者撕下过去贴在你身上的"标签",不再划地自限,跟我一样地抛开负面的旧观念,一切从头来过,不管此时

一、为自己喝彩

你的状况有多糟……

你可能会说你环境不好？背景太差？没有足够的学识？你的相貌不美，身体有缺陷？你已经失败了两次或更多次，而且正准备放弃？你的亲友、师长一直告诉你："你不行""你办不到"，而你自己也自信就是这样？你的人生已成定局，未来没有希望，一切都太迟了？那么我告诉你，有许多成功者曾经和你一样，甚至比你更糟。

由于我曾遍读世界各国有关卓越人生与个人的巨著，上自古希腊伟大思想家，下至当代最畅销的励志作品，再加上个人不平顺的人生经验，所以，我相信，书中的观点和行动方案，将为曾经失落，或是现在正面临彷徨的朋友，提供指引方向的"路标"！

有梦就去追！人生的每一个阶段都可以是起点，过去的都已经过去，重要的是现在和未来。与其哀叹逝去的一切如繁花落地，不如用实际的行动去结出丰硕的果实。

让你独特的天赋和潜能，尽情地发挥出来，让每个美丽的梦想得以成真；让优质的生活得以实现；让生命的阴霾成为过去；让自己活出有创意的人生。

路，是无限的宽广；人，则充满无限的可能！

无论你要的是什么，都要展现最好的自己！

> 如果我们只能做那些我们能力范围以内的事，我们将陷入平庸。
>
> ——爱迪生

看轻你自己

【易水寒】

一位年轻作家初到纽约，马克·吐温请他吃饭，陪客有30多人，都是本地的达官显贵。临入席的时候，那位作家越想越害怕，浑身都发起抖来。

"你哪里不舒服吗？"马克·吐温问。

"我怕得要死，"那位年轻作家说，"我知道，他们一定会请我发言，可是我实在不知道该说什么，一想起可能要在他们面前丢丑，我就心神不宁。"

"呵呵，你不用害怕，我只想告诉你——他们可能要请你讲话，但任何人都不指望你有什么惊人的言论。"

马克·吐温的话对很多年轻人来说都是适用的。对于年轻人来说，由于一直渴望充分展示才情，当机会突然降临在他们面前的时候，很多人都会一下子变得手足无措。第一次演讲、第一次独立做事、第一次被领导派任务，可能会紧张得一夜都睡不好觉。这里，你一定要明白，你周围的人都有自己的事要做，他们没有那么多时间把注意力完全集中到你身上，他们还是把你当成一个普通人来看待，并不期望你能干出多么惊天动地的大事，你只要和别人一样，按部就班地做了、说了，就算圆满完成任务了。

有人也许会说，好不容易出现了机会，为什么不借此一鸣惊人呢？其实，在这个越来越理智的时代，一个人的优点是通过很长的一段时间、一系列事件展示出来的。一亮相就获得满堂喝彩的日子已经过去了。相反，过分的标新立异反而容易引起人们的反感。你唯一要做的，就是让人们看到你确实为此做了充分的准备，你有一个很好的态度，这就足够了。

一、为自己喝彩

读高中时,我们班上有一个公认的"歌星",无论多么高难的歌曲,到了他的嘴里,总是变得无比动听。有一次,学校里举办歌咏比赛,他连预选都没参加,直接被班主任保送进决赛现场,但是,由于精神紧张,他在比赛中完全没有发挥出应有的水平,只得了最后一名。这件事过去很长时间了,他还在因此而郁郁寡欢。他一遍遍地到班主任那里去解释——我那天有点感冒,嗓子哑了,否则,我一定能取得好名次的。老师安慰他:没有关系,我相信你!可是他认为老师是在敷衍他,见了老师就提这件事,把老师搞得不厌其烦。尽管如此,他最后还是变得精神恍惚起来。

也许,这是一个比较极端的例子。但是它可以给我们一个启示:我们是否太在意自己的感觉?比如,你在路上不小心摔了一跤,惹得路人哈哈大笑。你当时一定很尴尬,认为全天下的人都在看着你。但是你如果站在别人的角度考虑一下,就会发现,其实,这件事只是他们生活中的一个插曲,甚而至于,有时连插曲都算不上,他们哈哈一笑,然后就把这件事忘记了。

在匆匆走过的人生路上,我们只是别人眼中的一道风景,对于第一次参与,第一次失败,完全可以一笑了之,不要过多地纠缠于失落的情绪中。你的哭泣只能提醒人们重新注意到你曾经的无能。你笑了,别人也就忘记了。

学会看轻你自己,才能做到轻装上阵;没有任何负担地踏上漫漫征程,你的人生路途才能更坦直。

你就是一道风景

【胡西淳】

生于世界上,存于宇宙间,你不比别人多,也不比别人少。同顶炎炎烈日,共沐皎皎月辉,心智不缺,心力不乏,只要你勇于展示自己的才华、个性及风采,那么,你就没有必要去仰视别人。

你就是一道风景!

不要隐于云海峰峦之后,不必藏于青竹绿林之中,你就是巍巍山峦的一石,就是苍苍林莽中的一株。所以你没必要敬畏名山大川,没必要去赞叹大漠孤烟,你的存在,其本身就在解释世上所有的景致;你的存在,正注释着时代的一种风情!

不必去拥挤了,你就在自己的位置上,不断地展示你内心世界的丰富内涵,给苍白的四周以绮丽,给庸俗的日子以诗意,给沉闷的空气以清新,每日拭亮一个太阳,用大自然的琴弦,奏响自己喜爱的心曲。

自然美具有不以人们意志为转移的自然性,梅花自有梅花的风韵,红杏自有红杏的丽姿,如今认清自己往往比注视别人更为重要。没必要一味褒扬别人贬低自己,应该果断地站起,与最佳景观比肩,只要你不懈追求,相信你不比别人差。真的,你行!

翠竹之秀丽,青松之壮美,杨柳之潇洒,兰草之温柔,自然赋予各异风情,都在各自的一片土地上展示生命的光辉。如今所需的不是自谦,而是自信。很久很久了,虚假的谦逊毁掉了个性的展露,模仿、装扮、整容,使人无法认清你的真面目,不知哪个是你自己,那情景似古代砖窑烧出的规格相同的陶俑。

风景这边独好!妙在独好。

一、为自己喝彩

我们太忽视这个"独"了。

世上被人们公认的景点都是独特的:埃及金字塔、中国古长城、法国凯旋门、罗马斗兽场……世上被人赞誉的美景也别具风采:泰山日出、威尼斯水城、热带雨林、撒哈拉大沙漠……

大凡能被我们记住的人多富有个性特征:阿Q的"快乐"、鲁滨孙的坚毅、王熙凤的笑里藏刀、奥赛罗的嫉妒杀人……

让个性伴你,站着该是一座山,倒下便是路基;完整时给人启示,粉碎时使人警醒。

……你不比别人多,也不比别人少,你不用注视人们的眸光便可知道,你在阳光下用身影发表宣言:

你就是一道风景!

涓滴之水终可以磨损大石,不是由于它力量强大,而是由于昼夜不舍的滴坠。

——贝多芬

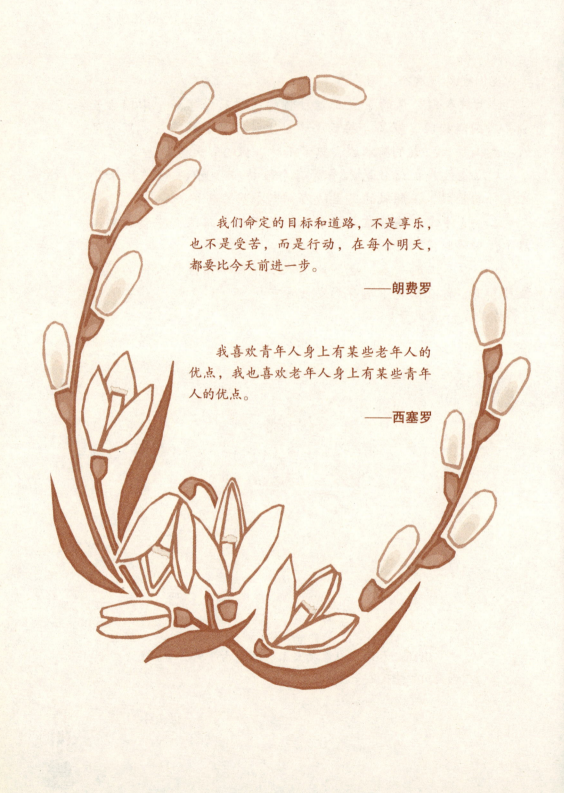

我们命定的目标和道路,不是享乐,也不是受苦,而是行动,在每个明天,都要比今天前进一步。

——朗费罗

我喜欢青年人身上有某些老年人的优点,我也喜欢老年人身上有某些青年人的优点。

——西塞罗

二、我就是最大的奇迹

ER WO JIUSHI ZUIDA DE QIJI

一个低智商的孩子 / F.奥斯勒

站在迷宫的入口处 / 李德武

上帝的苹果 / 刘晓东

海滩上的卡努王 / 詹姆斯·鲍德温

我就是最大的奇迹 / 奥格·曼狄诺

大鱼和更大的鱼 / 刘保法

小鱼与波浪 / 林清玄

跃出水面的鱼 / 许　蚕

一个低智商的孩子

【F.奥斯勒】

有些人总是过分重视智力测验,过于相信所谓"智商",这不能不说是一大弊端。人的美好特质是多种多样的,怎能只以一份智力试验进行定夺?尽管你在一次又一次的智力竞赛中名落孙山,但在某一方面,你也许可以发挥你独有的、奇迹般的创造力,使生活充满无尽的乐趣。

加拿大少年琼尼·马汶的爸爸是木匠,妈妈是家庭主妇,这对夫妇节衣缩食,一点一点地在存钱,因为他们准备送儿子上大学。

马汶读高中二年级时,一天,学校聘请的一位心理学家把这个16岁的少年叫到办公室,对他说:

"琼尼,我看过了你各学科的成绩和各项体格检查,对于你各方面的情况我都仔细研究过了。"

"我一直很用功的。"马汶插嘴道。

"问题就在这里,"心理学家说,"你一直很用功,但进步不大。高中的课程看来你有点力不从心,再学下去,恐怕你就浪费时间了。"

孩子用双手捂住了脸:"那样我爸爸妈妈会难过的。他们一直巴望我上大学。"

心理学家用一只手抚摸着孩子的肩膀。"人们的才能各种各样,琼尼,"心理学家说,"工程师不识简谱,或者画家背不全九九表,这都是可能的。但每个人都有特长——你也不例外。终有一天,你会发现自己的特长的。到那时,你就会让你爸爸妈妈骄傲了。"

马汶从此再没去上学。

二、我就是最大的奇迹

那时城里活计难找。马汶替人整建园圃，修剪花草。因为勤勉，所以忙碌。不久，顾主们开始注意到这个小伙子的手艺，他们称他为"绿拇指"——因为凡经他修剪的花草无不出奇的繁茂美丽。他常常替人出主意，帮助人们把门前那点有限的空隙因地制宜精心装点；他对颜色的搭配更是行家，经他布设的花圃无不令人赏心悦目。

也许这就是机遇或机缘，一天，他凑巧进城，又凑巧来到市政厅后面，更凑巧的是一位市政参议员就在他眼前不远处。马汶注意到有一块污泥浊水、满是垃圾的场地，便上前向参议员鲁莽地问道："先生，你是否能答应我把这个垃圾场改为花园？"

"市政厅缺这笔钱。"参议员说。

"我不要钱，"马汶说，"只消允许我办就行。"

参议员大为惊异，他从政以来，还不曾碰到过哪个人办事不要钱呢！他把这孩子带进了办公室。

马汶步出市政厅大门时，满面春风：他有权清理这块被长期搁置的垃圾场地了。

当天下午，他拿了几样工具，带上种子、肥料来到目的地。一位热心的朋友给他送来一些树苗；一些相熟的顾主请他到自己的花圃剪玫瑰插枝；有的则提供篱笆用料。消息传到本城一家最大的家具厂，厂主立刻表示要免费承做公园里的条椅。

不久，这块泥泞的污秽场地就变成了一个美丽的公园：绿茸茸的草坪，曲幽幽的小径，人们在条椅上坐下来还听到鸟儿在唱歌——因为马汶也没有忘记给它们安家。全城的人都在谈论，说一个年轻人办了一件了不起的事。这个小小的公园又是一个生动的展览橱窗，人们凭它看到了琼尼·马汶的才干，一致公认他是一个天生的风景园艺家。

这已经是25年前的事了。如今的琼尼·马汶已经是全国知名的风景园艺家。

不错，马汶至今没学会说法国话，也不懂拉丁文，微积分对他更是个未知数。但色彩和园艺是他的特长。他使渐已年迈的双

亲感到了骄傲，这不光是因为他在事业上取得的成就，而且因为他能把人们的住处弄得无比舒适、漂亮——他工作到哪里，就把美带到哪里！

他们收割的，正是他们种下的。

——恩格斯

神射手之所以神，并不是因为他的箭好，而是因为他瞄得准。

——托·富勒

ER WO JIUSHI ZUIDA DE QIJI

二、我就是最大的奇迹

站在迷宫的入口处

【李德武】

不久前，我来到一座迷宫的入口处，据说这座迷宫的设计天下绝伦，当然，这个迷宫是专为游戏而建。迷宫的管理者为了吸引游客，声称闯过迷宫的人可在出口处获得一万元奖金。于是，前来闯迷宫的人蜂拥而至。人们排着队走进变化莫测的回廊内，在其中徘徊。有的人一整天陷入其中，既找不到出口，也找不到归途，最后不得不发出求救的呼喊。

一连几天过去了，前来闯迷宫的人丝毫不减，但没有一个人走到出口，拿到那一万元奖金。在他们遗憾的表情里，充满了对自己运气不济的抱怨和沮丧，却从未对迷宫本身怀疑什么。

一天，一位测量工程师走进迷宫。他不是为那一万元奖金而来，他是为了揭穿迷宫的秘密而来。他手里拿着罗盘、尺子、纸和笔，边走边丈量，并绘出地图。他返回入口处时宣布了一个令人震惊的消息，从他测量的结果来看，这个迷宫根本就没有出口，也就是说从入口进入迷宫的人最终都将回到入口，永远无法到达放着一万元钱的出口。而那么多人受了这一万元钱的诱惑，白白地让自己浪费了精力和时间。

听到这个消息后，很多闯迷宫的人认为自己受了欺骗，要起诉迷宫管理者。但迷宫管理者的一番话却让想起诉的人们理屈词穷。迷宫管理者说："我设计这座迷宫，只是想让人们看到人自己给自己设置障碍时是多么难以想象和不可思议。毫无疑问，人类拥有智慧，但这种智慧常常让人陷入自己编织的圈套。我期待人们来到我的迷宫前，就仿佛来到一面镜子前，他能照到自己内心的目的、方向和欲望，因此而变得机智一些。遗憾的是，前来

为自己喝彩
WEI ZIJI HECAI

闯迷宫的人少有思想和辨别，一心奔着那一万元钱。这说明你们愚蠢到只剩下欲望了，并且是贪婪的、不劳而获的欲望。其实所有的人都从出口里走出来了，却只有测量工程师发现了秘密，那就是：这座迷宫的入口，同时也就是它的出口……"

我们把世界看错了，反说他欺骗我们。

——泰戈尔

当敏锐的洞察力同善意和热爱相结合，就能探到人和世界的最深处。

——歌 德

二、我就是最大的奇迹

上帝的苹果

【刘晓东】

斯坦利·库尼茨是个对沙漠探险情有独钟的瑞典医生,年轻的时候,他曾试图穿越非洲撒哈拉沙漠。进入腹地的当天晚上,一场铺天盖地的风暴使他变得一无所有:向导不见了,满载着水和食物的驼群消失得无影无踪,连那瓶已经开启的准备为自己庆祝36岁生日的香槟也洒得一干二净。死亡的恐惧从四面八方涌来,斯坦利的手神经质地伸进自己的口袋:"苹果!"斯坦利从绝望中清醒过来:"我还有一个苹果!"几天后,奄奄一息的斯坦利被当地土著救起。令他们大惑不解的是,昏迷不醒的斯坦利手中攥着一个虽然完整但已干瘪得不像样子的苹果。它被攥得如此紧,以至于谁也无法从他手中取出。

上个世纪初,这个一生中不乏传奇色彩的老人去世了。弥留之际,他为自己拟写了这样一句墓志铭:我还有一个苹果。

我不知道别人是如何看待这个苹果的,毋庸置疑,它可以被看成是信念的化身,但我更一厢情愿地倾向于这种理解:上帝在把你置于绝境的同时,一定会塞给你一个救命的苹果,它就藏在你身上某一个口袋里。因此,你没有必要抱怨自己一无所长,你应该把叹息的时间用在寻找这个苹果上。只要你能找到它,你就一定能轻松愉悦地走出生活的沙漠。

——那个苹果,其实就是他的长处。

为自己喝彩

海滩上的卡努王

【詹姆斯·鲍德温】

很久以前,英格兰有一位国王名叫卡努。如同许多头领与握有重权的人一样,卡努周围也簇拥着一群阿谀奉承者。每次他走进一个房间,这些人的奉承话就开始了。

"您是迄今为止最伟大的人。"一个人说道。

"噢,陛下,您力大无比,无人能敌。"另一个人再三说。

"陛下,您无所不能。"有人笑着说道。

"伟大的卡努王,您是王中之王。"另一个人附和道,"在这个世界上,谁也不敢违背您的命令。"

国王是一个很有头脑的人,他逐渐听腻了这些愚蠢的赞美之词。

一天,他来到海滩散步,一同前来的官员与大臣们一如既往地大说恭维之词。卡努决定教训他们一下。

"那么你们是说我是世界上最伟大的人了,对吗?"他问他们。

"噢,陛下,"他们大声喊道,"迄今为止,还没有什么人比您更伟大,以后也不会有人能与您比肩!"

"你们说世上万物都听从我的指挥,对吗?"卡努问道。

"绝对如此!"他们说道,"整个世界都拜服在您脚下,向您致敬。"

"我明白了,"国王回答说,"如果是那样,给我一把椅子,我们下水去。"

"是的,陛下!"他们你争我抢地把王座抬到海滩上。

"把椅子放得离海水近一点,"卡努喊道,"就放在那里,放在水边。"他坐下来,向面前的大海望去。"我看到海水正在涨

二、我就是最大的奇迹

潮。如果我发出命令，它会停下来吗？"

他的官员们感到迷惑不解，但是谁也不敢说不。"发命令吧，伟大的国王，海潮会听从您指挥的。"其中一个向他保证说。

"很好，大海，"卡努喊道，"我命令你不要再向前涌动了！海浪，停止翻滚，不要再咆哮！你不敢碰到我的脚！"

他默默地等了一会，一朵小浪涌上海滩，溅到了他的脚上。

"大胆！"卡努大声喊道，"大海，向后转！我已经命令你向后退，你必须听从我的命令！回去！"

这时，又一个海浪涌过来，弄湿了国王的双脚。潮水依旧在涨着，水位越来越高，已经把国王的座椅包围起来，不仅打湿了他的双脚，而且把他的王袍也弄湿了。惊恐的官员们站在他周围，怀疑国王是不是发疯了。

"好了，朋友们，"卡努说，"看来，我并没有你们认为的那种大权。也许你们今天有所收获。也许从今以后你们将记住世界上只有一个万能的帝王，他控制着大海，将大海掌握在十指之间。我建议你们把那些溢美之词奉献给他。"

听了国王的这番话，所有的官员与大臣都纷纷低下头，一脸的窘相。有人说，不久之后卡努王摘下了王冠，以后再也没有戴上。

与那些钦慕我们并附和我们所说的一切的人相处是一种单调而有害的享乐。

——蒙　田

我就是最大的奇迹

【奥格·曼狄诺】

我是造物主的最大奇迹。

自从开天辟地以来,世界上就没有第二个人有我这种精神、有我这种心胸、有我这种眼睛、有我这种耳朵、有我这双手、有我这种头发、有我这种嘴巴。完全像我一样地能走、能说、能动、能想的人,以前没有,现在没有,将来也不会有。四海之内皆兄弟也,但是,我却与众不同。我是独一无二的造化。

我内心里燃烧着经过无数代传下来的火焰。它的热度,不断地刺激我的精神,要我成为比我现在,以及比我将来更好的我。我要扇起这不满足之火,我要向世界宣布我的独特性。

没有人能够复制我的字体,没有人能够做我凿刻出来的标志,没有人能创造出我的成果,实际上,也没有人拥有完全像我的推销能力。从今以后,我要将这不同之点大书特书。因为这是使我达到完美之境的一种资产。

我不再徒劳无用地模仿别人。相反的,我要把我的独特性拿到公众面前去展览。我不但要宣扬它,而且还要推销它。我要从现在开始,强调我的不同点,隐藏我的相似点。

我是珍奇的人。凡是珍奇的东西都是无价之宝,所以,我的价值也无法估量。我是千万年进化而来的成品,所以,我在精神和身体两方面,都比以前的所有帝王和圣贤强得多。

但是,我的技巧、我的精神、我的心胸,以及我的身体都会污浊、腐烂和死亡,我必须将它们善加利用。我有无尽的潜力。我只使用了小部分头脑,我只弯曲了少许筋骨。但是,我能够使我昨天的成就增加一百倍或一百倍以上。我愿意这么做,从今天

二、我就是最大的奇迹

就开始。

我以后将永远不再对昨天的成就感到满意，也不再对我微小的事业任意自我宣扬。我能完成的工作，远比我现有的和将来的要多。为什么创造我的那个奇迹，随着我的出生而结束呢？为什么我不能使那个奇迹延伸到我今天的事业上去呢？

我是造物主的最大奇迹。

我不是偶然来到尘世的。我来到这里是为了一个目的，那个目的就是想长成一座高山，而非缩成一颗沙粒。从今以后，我要竭尽一切力量去成为一座最高的山，将我的潜力发挥到最大限度。

狐狸抱怨陷阱，而不抱怨自己。

——威廉·布莱克

世界是本精美的书，但对读不懂它的人来说，却丝毫没有用处。

——哥尔多尼

大鱼和更大的鱼

【刘保法】

瘦黑熊得到胖河马送的三盆会报时的魔术鲜花以后，开心得不得了。但他没有满足，于是，就问胖河马："您还有什么会变魔术的鲜花吗？"

"有啊，我有一盆木菊花，失眠的人吃了它就会睡得很香甜。"

"那就太好了。河马大哥，最近我一直睡得不好，您就把木菊花送给我吧？"

"好吧，你就拿去吧。"

瘦黑熊得到了木菊花，自然又高兴了一阵。

过了几天，瘦黑熊又问胖河马："河马大哥，您还有什么会变魔术的鲜花吗？"

"当然有，我还有一盆夜皇后，晚上会闪闪发亮呢！"

"哎呀呀，这实在是踏破铁鞋无觅处，想不到又是您河马大哥能帮我的忙。亲爱的河马大哥，我家的电灯已经坏了好几天了，夜皇后正好能为我照明，您就把夜皇后送给我吧！"

胖河马想了半天，最后还是答应了："那好吧，你就把夜皇后拿去吧。"

又过了几天，瘦黑熊又来找胖河马了："河马大哥，您还有什么会变魔术的鲜花吗？"

这一回，胖河马白了瘦黑熊一眼，只是在鼻子里"哼"了一声，再也没理睬他……

瘦黑熊讨了个没趣，心里自然很不是滋味。他跑回家，叼来了一条大鱼，在胖河马面前炫耀说："河马大哥，您看我的本领大不大，抓到了一条这么大的鱼呢！"

二、我就是最大的奇迹

他原以为胖河马看到了大鱼,一定会为他自豪的;自豪了,心里自然也就高兴起来;高兴了,自然也就愿意把更好的花送给他了。然而他错了,那胖河马好像根本就没有一点点要为他自豪的样子,不但不为他自豪,而且又白了他一眼,并且在鼻子里"哼"了一声,说:"这有啥稀奇的,刚才,我在河边看到有只跟你一模一样的黑熊,他抓到的鱼比你的鱼还要大呢!"

"什么?比我的鱼还大?"瘦黑熊心里一动,开始不安静起来。要知道,瘦黑熊是不会放弃任何一个好处的。此刻,他已经不在乎胖河马是不是会为他自豪了,他只想着得到那条更大的鱼。所以他拔脚就朝河边跑去;跑到河边朝河里一看,哈哈,这倒是个不错的买卖,河里果真也有一只跟他一模一样的黑熊,嘴里叼着一条更大的鱼呢!他连忙吐掉自己嘴里的大鱼,凶巴巴地朝着河里那条更大的鱼扑去。

扑通——

就在瘦黑熊吐掉自己嘴里的大鱼的时候,河里那只黑熊嘴里的更大的鱼也吐掉了;尤其让他觉得惊奇的是,就在他扑到河里的刹那,河里那只跟他一模一样的黑熊变成了一圈圈的波纹,不见了……

瘦黑熊只听到胖河马在岸上哈哈大笑,一边笑一边说:"黑熊老弟,这可是我送给你的又一盆会变魔术的鲜花呀!不过,说确切点,它不是鲜花,它应该是水花……"

谁自以为聪明,谁就是个大傻瓜。

——伏尔泰

为自己喝彩

WEI ZIJI HECAI

小鱼与波浪

【林清玄】

一条小鱼浮出水面看蓝天，偶然间遇到了波浪。

小鱼便与波浪在海面上游戏，随着波浪上下起伏、汹涌前进。

小鱼在波浪里兴奋得大叫："你每天都过着这么刺激的生活吗？简直是太棒了。"

波浪说："岂止是每天过这样刺激的生活，几乎每一刻都这么刺激呀！还有更刺激的，要有潮汐变化，或者狂风暴雨，那才真是兴奋得连心脏都会跳出来！"

小鱼说："真希望我也变成一个波浪，每天随着风雨、潮汐流动，不知道有多么好！"

在波浪中游戏的小鱼，很快就累了，他对波浪说："波浪，我想到海底安静安静，你要不要和我一起去呢？"

波浪还来不及回答，就被一个大浪冲到很远的地方，小鱼只好自己潜入海底，休息去了。

小鱼每天都上来和波浪游戏，每次都邀请波浪到海底去，但波浪总是还没有回答，就被冲走了。

这一天，小鱼下定决心要问明原因，他问波浪说："我要到海底安静安静，你要不要和我一起去呢？"

问完话，小鱼就紧紧牵着波浪的裙子，被冲到很远的地方。

波浪无奈地说："我也很想到海底安静一下，可是不行呀！波浪只能活在海面上浅浅的地方，进了海底就死了。而且，我们波浪是不由自主的，被后面的浪推着前进。一起风，跑得快累死了；潮汐一变，又被拖得全身发颤。真希望我能变成小鱼，潜入深深的海底，休息休息……"

二、我就是最大的奇迹

波浪还没有说完,突然被一个大浪打到几丈高,小鱼吓得一溜烟钻进平静无波的海底。

小鱼心里想着:

"像波浪这样生活,实在太可怜了,连一刻也不能安静,又不能自主。还是做一条小鱼比较好呀!"

无知的蚊子尽管在阳光的照耀下飞翔游戏,一到日没西山也会钻进它们的墙隙木隙。

——莎士比亚

因为脚镣是金子做的就不愿将它脱掉的人,我认定他准是个大傻瓜。

——斯宾塞

跃出水面的鱼

【许 蚕】

暴雨来临前,池塘里憋闷异常。

有一只红鲤鱼实在耐不住憋闷,纵身跃出水面,长长地透了一口气,并在阴沉沉的池塘上方画下了一道红色的绝妙的剪影。

在入水之前,它听到从岸上传来了一句天籁般的赞美:"呀,多漂亮的一条红鲤鱼!"

第一次听到这么美妙的声音,红鲤鱼激动得连拍了几个水花:"真是一件值得高兴的事,终于有人懂得欣赏我的美了!"

一条又一条伙伴从它面前游过,大家互相吐两个水泡,算是打招呼。"它们从来没有这样称赞过我,以前没有,现在没有,将来也不会有吧?"

伙伴们的缺乏美感让红鲤鱼对刚才的赞美更觉可贵,一种乍逢知己的惊喜充斥于它的内心:"也许我该结识结识那个人。"

想到做到,红鲤鱼就在水中猛游了一圈,憋足了劲,闪电一般跃出水面,再一次高高地出现在池塘上方。

水外的世界真是很刺激,红鲤鱼有一种跃过龙门的成就感。它一边享受着风拂过身体时的凉爽与惬意,一边睁圆了眼睛去搜寻那个一生难得一遇的知音。

但它只看到了一张网,一张铺天盖地的渔网,当那张肮脏的渔网裹住了它美丽的躯体时,它听到了那个一模一样的声音:"哈,逮着了!"红鲤鱼就这样永远告别了生它养它的池塘。

期望得到外界的认同,这一点儿无可厚非,但同时应该擦亮眼睛,万不可陶醉于别人的赞美,而忽略其手中的网。

三、向自己挑战
SAN XIANG ZIJI TIAOZHAN

向自己挑战的人 / 弗吉尼亚·莫尔
成功是个相对数 / 流　沙
寻找圣人 / 刘燕敏
从罗丹得到的启示 / 茨威格
穷人的阳光 / 丁宗皓
永远都要坐前排 / 孙　毅
成大事只需要一点勇气 / 张　津
知道自己是笨鸟的种种好处 / 许均华
大师的学生 / 家　贤
成为你自己 / 周国平

向自己挑战的人

【弗吉尼亚·莫尔】

远在44年之前,约翰·戈达德就把他这一辈子想干的大事列了一个表。那时他15岁,是洛杉矶郊区一个没见过世面的孩子。他把那张表题名为"一生的志愿"。

表上列着:"到尼罗河、亚马逊河和刚果河探险;登上埃佛勒斯峰(即珠穆朗玛峰)、乞力马扎罗山和麦特荷恩山;驾驭大象、骆驼、鸵鸟和野马;探访马可·波罗和亚历山大一世走过的道路;主演一部《人猿泰山》那样的电影;驾驶飞行器起飞降落;读完莎士比亚、柏拉图和亚里士多德的著作;谱一部乐曲;写一本书;游览全世界的每一个国家;结婚生孩子;参观月球……"每一项都编了号,一共有127个目标。

现在,59岁的戈达德依然显得年轻、漂亮,他不仅是一个经历过无数次探险和远征的老手,还是电影制片人、作者和演说家。他仍然把家安在加利福尼亚南部,和妻子住在一栋旧式平房里。在屋里,他悠闲地坐在那些干缩的头骨、银制的匕首、闪亮的编织和充满异国情调的工艺品之间,这些东西常使他回忆起往日的探险生涯来。当提及那张多年以前的"志愿表"时,戈达德微微一笑,谈起了年轻时的自己。

"我写那张表,"他解释说,"是因为在15岁时我已清楚地认识到自己的阅历贫乏。我那时思想尚未成熟,但我具有和别人同样的潜力,我非常想做出一番事业来。我对一切都极有兴趣——旅行、医学、音乐、文学……我都想干,还想去鼓励别人。我制定了那张奋斗的蓝图,心中有了目标,我就会感到时刻都有事做。我也知道周围的人往往墨守成规,他们从不冒险,从不敢在任何

三、向自己挑战

一个方面向自己挑战。我决心不走这条老路。"

当戈达德把梦想庄严地写在纸上之后，他就开始抓紧时间来实现它们。16岁那年，他和父亲到了乔治亚州的奥克费诺基大沼泽和佛罗里达州的埃弗格莱兹去探险。"这是我首次完成了表上的一个项目，"他回忆说，"我还学会了只戴面罩不穿潜水服到深水潜游，开拖拉机，并且买了一匹马。"20岁时他已经在加勒比海、爱琴海和红海里潜过水了。他还成为一名空军驾驶员，在欧洲上空作过33次战斗飞行。

他21岁时已经到21个国家旅行过。22岁刚满，他就在危地马拉的丛林深处发现了一座玛雅文化的古庙。同一年他就成为"洛杉矶探险家俱乐部"有史以来最年轻的成员。接着他就筹备实现自己宏伟壮志的头号目标——探索尼罗河。

戈达德说："我把尼罗河置于首位，因为我认为这是地球上最重要的地貌。尼罗河是全非洲的缩影；在尼罗河盆地中实际拥有全非洲的每一种鸟，兽类，爬行动物和昆虫；它还拥有全人类中最矮和最高的人种(俾格米人和瓦图西人)；你既能在喀土穆和开罗这样的城市中遇见受过良好的教育的、经验丰富的人，也能在苏丹的丁卡这样的地方碰到过着半游牧生活的牧民。所以，游遍尼罗河上下，研究两岸的风土人情就成了对我的最大挑战。"

戈达德26岁那年，他和另外两个探险伙伴来到布隆迪山脉的尼罗河之源。三个人乘坐一只仅有60磅重的小皮艇开始穿越4000英里的长河。他们遭到过河马的攻击，遇到了迷眼的沙暴和长达数英里的激流险滩，闹过几次疟疾，还受到过河上持枪匪徒的追击。出发十个月之后，这三位"尼罗河人"胜利地从尼罗河口划入了蔚蓝色的地中海。

戈达德说，这次旅行，如果事先过多地考虑那漫长的道路和面临的艰难，也许就不敢出发了。但是经过一天又一天的积累，我们终于达到了目的地。我想这就是生活的成功之路吧。

紧接着尼罗河探险之后，戈达德开始接连不断地加速完成他的目标：1954年他乘筏漂流了整个科罗拉多河；1956年探查了长

达2700英里的全部刚果河；他在南美的荒原、婆罗洲和新几内亚与那些食人生番、割取敌人头颅作为战利品的人一起生活过；他爬上阿拉特峰和乞力马扎罗山；驾驶超音速两倍的喷气式战斗机飞行；写成了一本书（《乘皮艇下尼罗河》）；他结了婚并生了五个孩子。开始担任专职人类学者之后，他又萌发了拍电影和当演说家的念头，在以后的几年里他通过讲演和拍片为他下一步的探险筹措了资金。

到现在为止，戈达德已经完成了127个目标中的106个。他获得了一个探险家所能享有的荣誉，其中包括成为英国皇家地理协会会员和纽约探险家俱乐部的成员。沿途他还受到过许多人士的亲切会见。

刚果河的探险是他严峻的一课。戈达德与他的好朋友杰克·约威尔一起下河出发，一路顺利，不料约威尔却突然葬身于一个可怕的漩涡之中，他的死把戈达德投入了绝望和孤独的深渊。"我们朝夕相处了六个星期，像兄弟一样亲密，"他说，"我们一路上战胜了所有艰险，可是，突然，他就去了，就剩下我孤零零的一个人了。"戈达德停顿了片刻，痛苦地回忆说："一时间，我真不知道怎么办了，但想起我和杰克曾经发过誓，无论我们之中的哪一个出了事，另外一个也要把航程进行到底，于是，我就继续前进了。"

戈达德在实现自己目标的征途中，有过18次死里逃生的经历。"这些经历教我学会了百倍地珍惜生活，凡是我能做的我都想尝试。"他说，"我们往往活了一辈子却从未表现出过巨大的勇气、力量和耐力。但是我发现当你想到自己反正要完了的时候，你会突然产生惊人的力量和控制力，而过去你做梦也没想到过自己体内竟蕴藏着这样巨大的能力。当你这样经历过之后，你会觉得自己的灵魂都升华到另一个境界之中了。"

他指出，差不多每个人都有自己的目标和梦想，但并不是每个人都去努力实现他们。他说："'一生的志愿'是我在年纪很轻的时候立下的，它反映了一个少年人的志趣，其中当然有些事

三、向自己挑战

情我不再想做了,像攀登埃佛勒斯峰或当'人猿泰山'那样的影星。制定奋斗目标往往是这样,有些事可能力不从心,不能完成,但这并不意味着必须放弃全部的追求。"

"检查一下你的生活并向自己提出这样一个问题是很有好处的:'假如我只能再活一年,那我准备做些什么?'我们都有想要实现的愿望,那就别延宕,从现在就开始做起!"

戈达德未来的计划仍然是充实的,其中包括游览长城(第49号)和攀登麦金莱山(第23号),他决不轻易放弃任何一个目标。"这样,一有机会到来时,我总是'准备完毕'。"的确如此,在他的内心深处,他坚信有一天终能实现他的第125号目标——参观月球。

人应该了解自己,而了解自己也是世界上最难的课题。

——塞万提斯

成功是个相对数

【流 沙】

许多成功人士出席了一个慈善酒会，参加的每一个人都是千万富翁。

但是，有一位在报社写专栏的作家捐了5万元，也作为特邀嘉宾出席了酒会。

他们中的每一个名字都是这个城市的荣耀，而且他们之间都十分熟悉，他们手中端着红酒，面带笑意地交谈着。

只有专栏作家一个人静静地坐着，没有人理睬他。

一位骄傲的先生来到他的面前，问："请问你是……"他说："我是一个专栏作家。"

骄傲的先生听了，问："那么你捐了多少钱？"

专栏作家说："5万元。"

这位先生听了哈哈大笑："你可能走错了地方，这里是亿万富翁的俱乐部，我们都捐了100万元，而且我们都是成功人士。"

专栏作家说："我捐了我所有财富的25%，而你们只捐了1%，请问谁更有资格待在这里呢？"

这位骄傲的先生听罢，哑口无言。

这个故事让我想起海尔公司的总裁张瑞敏说过的一句话："小不是美，大也不是美，只有由小到大才是美。"他提出了一个相对概念，凡事只有经过相互比较之后，才能分辨什么才是真正的美。从这个意义上说，专栏作家要比千万富翁更富有爱心，更有资格出席慈善酒会。

我们的社会常常以财富的绝对量作为评判成功的标准，所谓的成功者就是"一览众山小"。其实，上天赋予每一个人的社会

三、向自己挑战

背景、才智资本和机遇是不平等的,成功不可能以统一的标准来衡量。譬如我们不能说一个打工者一年赚1万元或者一位老师教育了数以千计的学生是不成功的,相对于他们个人而言,其成就感绝不会输给比尔·盖茨。真正意义上的成功应该是一次次对自己的超越,而不应以财富的绝对量来衡量。

> 信心使一个人得以征服他相信可以征服的东西。
> ——萧伯纳

> 信心是又弱又细的线,很容易拉断;但在灰心的时候,它也能将你抛向高空,使你重获生机。
> ——威尔逊

寻找圣人

【刘燕敏】

1947年,美孚石油公司董事长贝利奇到开普敦巡视工作。在卫生间里,他看到一个黑人小伙子正跪在地板上擦水渍,并且每擦一下,就虔诚地叩一下头。贝利奇感到很奇怪,问他为何如此,小伙子回答说:"在感谢一位圣人。"

贝利奇很为自己的下属公司拥有这样的员工感到欣慰,问他为何要感谢那位圣人。黑人说,是圣人帮着找了这份工作,让他终于有了饭吃。

贝利奇笑了,说:"我曾遇到一位圣人,他使我成了美孚石油公司的董事长。你愿意见他一下吗?"黑人说:"我是个孤儿,从小靠教会养大,我很想报答养育我的人。这位圣人若使我吃饭之后,还有余钱,我愿去拜访他。"

贝利奇说,你一定知道,南非有一座很有名的山,叫大温特胡克山。据我所知,那上面住着一位圣人,能为人指点迷津,凡是能遇到他的人都会前程似锦。20年前,我去南非登上过那座山,正巧遇到他,并得到他的指点。假如你愿意去拜访,我可以向你的经理说情,准你1个月的假。

这个年轻的黑人是个虔诚的教徒,很相信神的帮助。他谢过贝利奇就上路了。30天的时间里,他一路披荆斩棘,风餐露宿,过草甸,穿森林,历尽艰辛,终于登上了白雪覆盖的大温特胡克山。他在山顶徘徊了一天,除了自己什么人都没有遇到。

黑人小伙子失望地回来了。他见到贝利奇后,说的第一句话就是:"董事长先生,一路我处处留意,除我之外,根本没有什么圣人。"

三、向自己挑战

贝利奇说："你说得很对，除你之外，根本没有什么圣人。"

20年后，这位黑人小伙子做了美孚石油公司开普敦分公司的总经理，他的名字叫贾讷。2000年世界经济论坛大会在上海召开，他作为美孚石油公司的代表参加了大会。在一次记者招待会上，针对自己传奇的一生，他说了这么一句话："你发现自己的那一天，就是你遇到圣人的时候。"

> 产生自尊心的是理性，而加强自尊心的则是思考。
> ——卢梭

> 自信心与自尊心是相辅相成的，没有自尊心的人，不会有自信心。
> ——毛姆

从罗丹得到的启示

【茨威格】

我那时大约二十五岁,在巴黎研究与写作。许多人都称赞我发表过的文章,有些我自己也喜欢。但是,我心里总是感到我还能写得更好,虽然我不能断定那症结的所在。

这时,一个伟大的人给了我一个伟大的启示。那件仿佛微乎其微的事,竟成为我一生的关键。

有一晚,在比利时名作家魏尔哈仑家里,一位年长的画家慨叹着雕塑艺术的衰落。我年轻而饶舌,热炽地反对他的意见。"就在这城里,"我说,"不是住着一个可以与米开朗基罗媲美的雕刻家吗?罗丹的《沉思者》、《巴尔扎克》,不是同他用以雕塑他们的大理石一样永垂不朽吗?"

当我说完的时候,魏尔哈仑高兴地拍拍我的背。"我明天要去看罗丹,"他说,"来,一块儿去吧。凡是像你这样赞美他的人都该去见他。"

我充满了喜悦,但第二天魏尔哈仑把我带到雕刻家那里的时候,我一句话也说不出。在他们畅谈之际,我觉得我似乎是一个多余的不速之客。

但是,最伟大的人是最亲切的。我们告别时,罗丹转向我。"我想你也许愿意看看我的雕刻,"他说,"但我恐怕这里什么也没有。可是星期天你到麦东来同我一块吃饭吧。"

星期天,在罗丹朴素的别墅里,我们在一张小桌前坐下吃便饭。不久,他温和的眼睛发出激励的凝视,他本身的淳朴,宽释了我的不安。

在他的工作室——一间有着大窗户的简朴的屋子里,有完成

三、向自己挑战

的雕像，还有许许多多小塑样——一只胳膊，一只手，有的只是一只手指或者指节。这是他一生不断地追求与劳作的地方。

罗丹罩上了粗布工作衫，因而好像变成了一个工人。他在一个台架前停下。

"这是我的近作，"他说，把湿布揭开，现出一座女子正身像。"这已完工了。"我想。

他退后一步，仔细看着。

审视片刻之后，他低语了一句："这肩上线条还是太粗。对不起……"

他拿起刮刀，木刀片轻轻滑过软和的黏土，给肌肉一种更柔美的光泽。他健壮的手动起来了；他的眼睛闪耀着。"还有这里……还有这里……"他又修改了一下，走回去。他把台架转过来，含糊地吐着奇异的喉音。时而，他的眼睛高兴得发亮；时而，他的双眉苦恼地蹙着。他捏好小块的黏土，粘在塑像身上，不时又刮开一些。

这样过了半小时，一小时……他没有再向我说过一句话。他忘掉了一切，除了他要创造的更崇高的形体的意象。他专注于他的工作，犹如在创世的太初的上帝。

最后，他扔下刮刀，像一个男子把披肩披到情人肩上那样，温存地把湿布蒙上塑像。于是，他转身要走。

在快走到门口时，他看见了我。他凝视着，就在那时他才记起，他显然对他的失礼感到歉疚。"对不起，先生，我完全把你忘记了，可是你知道……"

我握着他的手，感动地紧握着。也许他已领悟了我所感受到的，因为在我们走出屋子时他微笑了，用手抚着我的肩头。

在麦东的那天下午，我学到的比在学校学到的所有东西都多。从此，我知道人类的工作必须怎样做——假如那是美好而又值得的工作。

再没有什么像亲见一个人全然忘记时间、地点与世界那样使我感动。那时，我参悟到一切艺术与伟业的奥妙——专心，把易

于弥散的思维贯注在一件事情上的本领。

　　于是，我察觉在自己的工作上所缺少的是什么——那能使人完全投入工作而把外在的一切都忘掉的热忱。一个人一定要能够完全沉浸在自己的工作里。没有别的秘诀——我现在才知道。

人生不是一种享乐，而是一桩十分沉重的工作。

—— 托尔斯泰

我们命定的目标和道路，不是享乐，也不是受苦，而是行动。在每个明天，都要比今天前进一步。

—— 朗费罗

三、向自己挑战

穷人的阳光

【丁宗皓】

在离我家不远的一条大路旁，每天我都可以看见一位练摊的老人。他的年龄在五十岁左右，在我的印象里，他好像从来就没有正眼看过任何人。在一棵树下，他将一些充满童趣的纪念卡片一字排开，但是他不蹲在卡片后用目光搜寻买家。相反，他在做另一件事，任何人都想不到的事情。他用五颜六色的粉笔在地上写着今天生活中能听到的民谣，即讽刺世事的民谣。而且每天的内容都不相同。写完后，他则在地上铺一块布，斜卧在上面，任由阳光斜照在自己的脸上。

也许是因为年龄逐渐变大，而自己开始没有足够的精力或者倦于每天的奔波的时候，我开始留意生活中这样的景致。我开始为这样的情形所感动。

在喧嚣的人群里，时时注意到自己的确是一件十分痛苦的事情，但是一旦开始，就再也收不住脚。我于是就看见了自己一向认为正常的人生，读书、上大学、工作、力争向上（有人也称为向上爬），尽力使人生变得轻松，仿佛一个长期在水下憋气的人终于浮出水面。生活中的大多数人就是这样走着，脚步多的地方就自然成为主流人生。我想我已经成为一个十分无趣的中国人，跟着大多数人向前走着，并认定这就是价值之所在。

作家余华说他讨厌中国的知识分子，因为他们不知道自己真正需要什么。我开始这样理解，作为一个群体文化的底色，他们没有像铁锚一样，使一个群体在任何一个时空里都能牵住在潮水中摇动的生活之舟，使人们只听从心灵的召唤，而不被欲望所控制。走在人群里，我强烈地感到，因为中国人的心灵还和历史一

样，在功利主义和隐逸之间茫然地徘徊，使入世变成没有理智的掠夺，使出世变成失败的藏身之所。

我们真正需要的是什么？大多数的中国人回答不了这样的提问。

在这样的群体里，最容易形成时尚和潮流，所有潮流的流向，都是一元化的价值取向。所以我们的心灵总是一驾失控的马车。

一年前，我的朋友老杜从英国归来。他扎着一个小辫，背着一个仿佛是军用书包改制的包，走进我的办公室时，似乎心有余悸。我有些不解，问他怎么了，老杜肯定地说：我害怕。我不解地问他：你怕什么？他说：我怕同胞。我感到好笑，于是哈哈大笑起来。老杜说：在同胞的脸上，看不到安详和宁静，只有焦躁甚至凶蛮，而他最怕的是他们的眼神，像是要吃人。我说：我也让你害怕？老杜认真地看了我一会儿，说：有一点。这回，我没有笑。

我已经把什么写到了自己的脸上？

多年以前，老友老杜在我看来就是生活的叛逆者，对于我们感兴趣的东西，他并不在意。比如找个好的工作，过一种规范的中国世俗生活，娶妻生子。老杜喜欢照相，喜欢自己干自己的事情，而他的事情在中国人看来根本不叫什么事情，至少不是正经的事情。老杜拒绝这样的尺度通过他所熟悉的生活圈子强加到自己身上，于是就去了英国。那是90年代初的一个晚上，老杜在沈阳北站急不可待地上了火车，像胜利逃亡的战俘。

现在，老杜面色有些苍白地坐在我的对面，向我描述自己的英国生活。他住在伦敦的贫民区里，周遭都是英国的下层各色百姓，包括嬉皮士。这里的很多人最后都成了老杜的朋友。刚到伦敦的一天早晨，打工的老杜在街上看见了露宿的人们正在悠闲地收拾背囊，老杜以为目睹了英国穷人的窘迫。后来老杜结识了自己的房东，原来自己的房东也是这样一个喜欢到处露宿的年轻人。他有自己的房子，但是并不喜欢按部就班地住在房子里，他宁愿租出去，而自己背着行李到处睡觉。在以后的岁月里，老杜认识

三、向自己挑战

的这样的英国穷人越来越多，也了解了他们的生活原则，那就是贫困没有掠夺走穷人幸福的权利和可能。做自己喜欢的事情，自由地享受人生是所有人的权利。老杜发现这种现实正好和自己的心思暗合。于是在伦敦，他开始打鱼和晒网相结合的生活，整天拎着相机四处游走，拍了大量的照片。老杜压根就不是抱着挣钱的目的出走的，他回来时仍然是穷人一个，但是他似乎带回自己喜欢的活着的准则。

找到生活真谛的老杜在阔别家乡多年以后，在同胞的脸上看见的只是恐惧，以致回来的几个月间不敢出门。他看到的是正在我们生活中发生的一个事实：在必然要产生贫富差异的社会里，人人都害怕落在人群的后面，最后成为一个穷人，每个人都要通过奋斗避开这样的命运。这一切都写在了人们的脸上。老杜害怕的是这样的脸。

我忽然想到老杜其实和街头卖笛子、二胡以及在地上写字的那些人一样，正在人间属于自己的有限的自由中享受着从树梢透下来的属于自己的阳光。穷与富，这个两极世界，是我们终究要面对的问题。既然不可能避免穷人的存在，就该还给穷人自己的幸福，当然这种幸福要靠能感受并确定幸福的心灵去寻找。在那里，他们同样接受阳光，一点也不会少，并同时感受到自己是一个真实、完整的个人。

我相信，没有什么生命会被忘记。每个生命都会得到自己可以享受的、适宜于自己的一份幸福。

——安徒生

永远都要坐前排

【孙 毅】

20世纪30年代，英国一个不出名的小镇里，有一个叫玛格丽特的小姑娘，自小就受到严格的家庭教育。父亲经常向她灌输这样的观点：无论做什么事情都要力争一流，永远做在别人前头，而不能落后于人。"即使是坐公共汽车，你也要永远坐在前排。"父亲从来不允许她说"我不能"或者"太难了"之类的话。

对年幼的孩子来说，他的要求可能太高了，但他的教育在以后的岁月里被证明是非常宝贵的。正是因为从小就受到父亲的"残酷"教育，玛格丽特拥有积极向上的决心和信心。在以后的学习、生活或工作中，她时时牢记父亲的教导，总是抱着一往无前的精神和必胜的信念，事事必争一流，以自己的行动实践着"永远坐在前排"的教导。

玛格丽特上大学时，学校要求学五年的拉丁文课程。她凭着自己顽强的毅力和拼搏精神，硬是在一年内全部学完了。令人难以置信的是，她的考试成绩竟然名列前茅。

玛格丽特不光是学业上出类拔萃，她在体育、音乐、演讲及学校的其他活动方面也一直走在前列，是学生中的佼佼者。当年她所在学校的校长评价她说："她无疑是我们建校以来最优秀的学生，她总是雄心勃勃，每件事情都做得很出色。"

正因为如此，四十多年以后，英国乃至整个欧洲政坛上才出现了一颗耀眼的明星——玛格丽特·撒切尔夫人。她连续四年当选保守党领袖，并于1979年成为英国第一位女首相，雄踞政坛长达11年之久，被世界政坛誉为"铁娘子"。

"永远都要坐前排"是一种积极的人生态度，激发你一往无前

三、向自己挑战

的勇气和争创一流的精神。在这个世界上,想坐前排的人不少,真正能够坐在"前排"的却总是不多。许多人所以不能坐到"前排",就是因为他们把"坐在前排"仅仅当成一种人生理想,而没有采取具体行动。那些最终坐到"前排"的人,之所以成功,是因为他们不但有理想,更重要的是他们把理想变成了行动。

一位哲人说过:无论做什么事情,你的态度决定你的高度。撒切尔夫人的父亲对孩子的教育恰恰印证了这一点。

要勇敢奋战啊,你这庞然大军中的小小的士兵:你的书本就是武器,你的班级就是一个分队,你的战场是整个世界,胜利就是人类的文明。

——西米契斯

成大事只需要一点勇气

【张 津】

一位叫马维尔的法国记者去采访林肯。

马维尔问:"据我所知,上两届总统都想过废除黑奴制度,《解放黑奴宣言》也早在他们那个时期就已草就,可是他们都没拿起笔签署它。请问总统先生,他们是不是想把这一伟业留下来,给您去成就英名?"

林肯说:"可能有这个意思吧。不过,如果他们知道拿起笔需要的仅是一点勇气,我想他们一定非常懊丧。"

马维尔还没来得及问下去,林肯的马车就出发了,他一直都没弄明白林肯这句话的含意。

林肯去世50年后,马维尔才在林肯致朋友的一封信中找到答案。林肯在信中谈到幼年时的一段经历:

"我父亲在西雅图有一处农场,里面有许多石头。正因如此,父亲才能够以较低的价格买下来。有一天,母亲建议把里面的石头搬走。父亲说,如果可以搬,主人就不会卖给我们了,它们是一座座小山头,都与大山连着。

有一年,父亲去城里买马,母亲带我们在农场里劳动。母亲说,让我们把这些碍事的东西搬走好吗?于是我们开始挖那一块块石头。不长时间,就把它们给弄走了,因为它们并不是父亲想象的山头,而是一块块孤零零的石块,只要往下挖一英尺,就可以把它们晃动了。"

林肯在信的末尾说,有些事情一些人之所以不去做,只是因为他们认为不可能。其实,有许多不可能,只存在于人的想象之中。

读到这封信的时候,马维尔已是76岁的老人,就是在这一年,他正式下决心学汉语。三年后的1917年,他在广州旅行采访,是以流利的汉语与孙中山对话的。

三、向自己挑战

知道自己是笨鸟的种种好处

【许均华】

经常有人问我读书的秘诀，我说我是笨鸟先飞。他们以为我在谦虚，其实不然。实际上，笨鸟有笨鸟的优势。

一则由于你是笨鸟，因而你就不会像聪明鸟一样，今天被邀请去出席一个开幕式，明天被邀请去为模特大赛颁奖，几乎没有多少时间是自己可以支配的。而你却不同，你几乎不会被打搅，你就完全可以集中全部精力来做你自己该做的事情。

二则由于你知道自己是笨鸟，你就懂得做任何事情不能依靠小聪明，你知道只有比别人付出更多的努力和刻苦才能赶上别人。

三则由于你知道自己是笨鸟，你遇事就会向别人请教，别人的知识就会成为你的知识，你就可能成为别人知识的集大成者。

四则由于你知道自己是笨鸟，你做任何事情就会量力而行，你绝对不会自作聪明地勉强去做超过你能力所及的事情，因而你就很少会栽跟斗，因而不会招致毫无意义的牺牲。

五则由于你知道自己是笨鸟，你凡事就会先其他鸟一步，你就会比其他鸟先到达目的地，你就可以先吃到虫子或吃到更多的虫子。

经过上面一番励精图治，你的知识、你的能力、你的忍耐力可能就会超过聪明人，至少你不会被称为"笨"了。后天的勤奋是可以补先天之不足的。问题的关键是你得有自知之明，要知道自己是笨的，任何时候做任何事情对自己必须有个客观的、全面的评价。当然，知道了拙，就得下决心去补，千万不能自暴自弃。补拙需要信心和恒心。笨鸟先飞的道理，就在于勤能补拙。六祖惠能大师说过，人的慧根本来是一样的，只是悟道有先后，只要

经过自身修炼，是完全可以各得智慧的。这或许是对于如我一般生性比较迟钝之人的一种安慰或鼓励吧！

　　火是刚的，水是柔的。火是刚的，人们就不会主动去玩火，就会自觉避火。水是柔的，人们就会经常到水里去嬉戏，尤其是善水性者会放松对水的警惕。溺水而死的多数是游泳高手。我听说过"聪明反被聪明误"，但直到目前尚未听说过"愚笨反被愚笨误"的。

只有一个人的心灵和品格熟睡的时候，人们才会注意到他的服饰。

—— 拉尔夫·爱默生

自尊、自知、自制，这三者能把生活引向尊贵的王国。

—— 丁尼生

三、向自己挑战

大师的学生

【家贤】

一位音乐系的学生走进练习室,在钢琴上,摆着一份全新的乐谱。

"超高难度……"他翻动着乐谱,喃喃自语,感觉自己对弹奏钢琴的信心似乎跌到了谷底,消磨殆尽。

已经三个月了!自从跟了这位新的指导教授之后,他不知道,为什么教授要以这种方式整人。

勉强打起精神。他开始用十指奋战、奋战、奋战……琴音盖住了练习室外教授走来的脚步声。

指导教授是个极有名的钢琴大师。授课第一天,他给自己的新学生一份乐谱。"试试看吧!"他说。乐谱难度颇高,学生弹得生涩僵滞、错误百出。"还不熟,回去好好练习!"教授在下课时,如此叮嘱学生。

学生练了一个星期,第二周上课时正准备让教授验收,没想到教授又给了他一份难度更高的乐谱:"试试看吧!"上星期的课,教授提也没提。学生再次挣扎于更高难度的技巧挑战。

第三周,更难的乐谱又出现了。同样的情形持续着,学生每次在课堂上都被一份新的乐谱所困扰,然后把它带回去练习,接着再回到课堂上,重新面临两倍难度的乐谱,却怎么样都追不上进度,一点儿也没有因为上周的练习而有驾轻就熟的感觉。学生感到越来越不安、沮丧和气馁。

教授走进练习室。学生再也忍不住了。他必须向钢琴大师提出这三个月来何以不断折磨自己的质疑。

教授没开口,他抽出了最早的那份乐谱,交给学生:"弹奏

为自己喝彩

吧！"他以坚定的目光望着学生。

不可思议的结果发生了，连学生自己都惊讶万分，他居然可以将这首曲子弹奏得如此美妙、如此精湛！教授又让学生试了第二堂课的乐谱，学生依然呈现超高水准的表现……演奏结束，学生怔怔地看着老师，说不出话来。

"如果，我任由你表现最擅长的部分，可能你还在练习最早的那份乐谱，就不会有现在这样的程度……"钢琴大师缓缓地说。

人，往往习惯于表现自己所熟悉、所擅长的领域。但如果我们愿意回首，细细检视，将会恍然大悟：看似紧锣密鼓的工作挑战，永无歇止难度渐升的环境压力，不也就在不知不觉间养成了今日的诸般能力吗？

因为，人，确实有无限的潜力！

有了这层体悟与认识，会让我们更欣然乐意面对未来更多的难题。

只有永远躺在泥坑里的人，才不会再掉进坑里。

—— 黑格尔

三、向自己挑战

成为你自己

【周国平】

童年和少年是充满美好理想的时期。如果我问你们，你们将来想成为怎样的人，你们一定会给我许多漂亮的回答。譬如说，想成为拿破仑那样的伟人，爱因斯坦那样的大科学家，曹雪芹那样的文豪，等等。这些回答都不坏，不过，我认为比这一切都更重要的是：首先应该成为你自己。

姑且假定你特别崇拜拿破仑，成为像他那样的盖世英雄是你最大的愿望。好吧，我问你：就让你完完全全成为拿破仑，生活在他那个时代，有他那些经历，你愿意吗？你很可能会激动得喊起来：太愿意啦！我再问你：让你从身体到灵魂整个儿都变成他，你也愿意吗？这下你或许有些犹豫了，会这么想：整个儿变成了他，不就是没有我自己了吗？对了，我的朋友，正是这样。那么，你不愿意了？当然喽，因为这意味着世界上曾经有过拿破仑，这个事实没有改变，唯一的变化是你压根儿不存在了。

由此可见，对于每一个人来说，最宝贵的还是他自己。无论他多么羡慕别的什么人，如果让他彻头彻尾成为这个别人而不再是自己，谁都不肯了。

也许你会反驳我说：你说的真是废话，每个人都已经是他自己了，怎么会彻头彻尾成为别人呢？不错，我只是在假设一种情形，这种情形不可能完全按照我所说的方式发生。不过，在实际生活中，类似情形却常常在以稍微不同的方式发生着。真正成为自己可不是一件容易的事。世上有许多人，你可以说他是随便什么东西，例如是一种职业，一种身份，一个角色，唯独不是他自己。如果一个人总是按照别人的意见生活，没有自己的独立思考，

总是为外在的事务忙碌，没有自己的内心生活，那么，说他不是他自己就一点儿也没有冤枉他。因为确确实实，从他的头脑到他的心灵，你在其中已经找不到丝毫真正属于他自己的东西，他只是别人的一个影子和事务的一架机器罢了。

那么，怎样才能成为自己呢？这是真正的难题，我承认我给不出一个答案。我还相信不存在一个适用于一切人的答案。我只能说，最重要的是每个人都要真切地意识到他的"自我"的宝贵，有了这个觉悟，他就会自己去寻找属于他的答案。在茫茫宇宙间，每个人都只有一次生存的机会，都是一个独一无二、不可重复的存在。正像卢梭所说的，上帝把你造出来后，就把那个属于你的特定的模子打碎了。名声、财产、知识等等是身外之物，人人都可求而得之，但没有人能够代替你感受人生。你死之后，没有人能够代替你再活一次。如果你真正意识到了这一点，你就会明白，活在世上，最重要的事就是活出你自己的特色和滋味来。你的人生是否有意义，衡量的标准不是外在的成功，而是你对人生意义的独特领悟和坚守，从而使你的自我闪放出个性的光华。

在历史上，每当世风腐败之时，人们就会盼望救世主出现。其实，救世主就在每个人的心中。耶稣是基督教徒公认的救世主，可是连他也说："一个人得到了整个世界，却失去了自我，又有何益？"这是金玉良言，值得我们永远牢记。

人生至要之事是发现自己，所以有必要偶尔与孤独、沉思为伍。

——南　林

四、成长的快乐与忧伤
SI CHENGZHANG DE KUAILE YU YOUSHANG

踢毽子 / 汪曾祺

演习时分 / 秦文君

成长的寓言 / 杜海军

名人不名时 / 刘燕敏

影星和他的"侄子" / 张之路

一路灯火 / 北 董

圣徒 / 威廉·埃克曼

那盏灯 / 付东流

草房子（节选）/ 曹文轩

意外 / 伊·卡尔纳乌霍娃

林肯与少女 / 甘梅容

有些语言是如此之美 / 马良晓

踢 毽 子

【汪曾祺】

我们小时候踢毽子，毽子都是自己做的。选两个小钱（制钱），大小厚薄相等，轻重合适，叠在一起，用布缝实，这便是毽子托。在毽托一面，缝一截鹅毛管，在鹅毛管中插上鸡毛，便是一只毽子。鹅毛管不易得，把鸡毛直接缝在毽托上，把鸡毛根部用线缠缚结实，使之向上直挺，较之插于鹅毛管中者踢起来尤为得劲。鸡毛须是公鸡毛，用母鸡毛做毽子的，必遭人笑话，只有刚学踢毽子的小毛孩子才这么干。鸡毛只能用大尾巴之前那一部分，以够三寸为合格。鸡毛要"活"的，即从活公鸡的身上拔下来的，这样的鸡毛，用手抹杀几下，往墙上一贴，可以粘住不掉。死鸡毛粘不住。后来我明白，大概活鸡毛经抹杀会产生静电。活鸡毛做的毽子毛茎柔轻而有弹性，踢起来飘逸潇洒。死鸡毛做的毽子踢起来就发死发僵。鸡毛里讲究要"金绒帚子白绒哨子"，即从五彩大公鸡身上拔下来的，毛的末端乌黑闪金光，下面的绒毛雪白。次一等的是芦花鸡毛。赭石的、土黄的，就更差了。我们那里养公鸡肥壮，羽毛丰满的时候，孩子们早就"贼"上谁家的鸡了。有时是明着跟人家要，有时乘没人看见，摁住一只大公鸡，噌噌拔了两把毛就跑。大多数孩子的书包里都有一两只足以自豪的毽子。踢毽子是乐事，做毽子也是乐事。一只"金绒帚子白绒哨子"，放在桌上看看，也是挺美的。

我们那里毽子的踢法很复杂，花样很多。有小五套，中五套，大五套。小五套是"扬、拐、尖、托、笃"，是用右脚的不同部位踢的。中五套是"偷、跳、舞、环、踩"，也是用右脚踢，但以左脚做不同的姿势配合。大五套则是同时运用两脚踢，分"对、

四、成长的快乐与忧伤

岔、绕、掼、挝"。小五套技术比较简单，运动量较小，一般是女生踢的。中五套较难，大五套则难度很大，运动量也很大。要准确地描述这些踢法是不可能的。这些踢法的名称也是外地人所无法理解的，连用通用的汉字写出来都困难，如"舞"读如"吴"，"掼"读 kuàn，"笃"和"挝"都读入声。这些名称当初不知是怎么确立的。我走过一些地方，都没有见到毽子有这样多的踢法。也许在我没有到过的地方，毽子还有更多的踢法。我希望能举办一次全国毽子表演，看看中国的毽子到底有多少踢法。

踢毽子总是要比赛的。可以单个地赛。可以比赛单项，如"扬"踢多少下，到踢不住为止；对手照踢，以踢多少下定胜负。也可以成套比赛，从"扬、拐、尖、托、笃"、"偷、跳、舞、环、踩"踢到"对、岔、绕、掼、挝"。也可以分组赛。组员由主将临时挑选，踢时一对一，由弱至强，最弱的先踢，最后主将出马，累计总数定胜负。

踢毽子也有名将，有英雄。我有个堂弟曾在县立中学踢毽子比赛中得过冠军。此人从小爱玩，不好好读书，常因国文不及格被一个姓高的老师打手心，后来忽然发奋用功，现在是全国有名的心脏外科专家。他比我小一岁，也已经是抱了孙子的人了，现在大概不会再踢毽子了。我们县有一个姓谢的，能在井栏上转着圈子踢毽子。这可是非常危险的事，重心稍一不稳，会"扑通"一声掉进井里！

毽子还有一种大集体的踢法，叫做"嗨（读第一声）卯"。一个人"喂卯"——把毽子扔给嗨卯的，另一个人接到，把毽子使劲向前踢去，叫做"嗨"。嗨得极高，极远。嗨卯只能"扬"——用右脚里侧踢，别种踢法踢不到这样高，这样远。下面有一大群人，见毽子飞来，就一齐纵起身来抢这只毽子。谁抢着了，就有资格等着接替原嗨卯的去嗨。毽子如被喂卯的抢到，则他就可上去充当嗨卯的，嗨卯的就下来喂卯。一场嗨卯，全班同学出动，喊叫喝彩，热闹非常。课间十分钟，一会儿就过去了。

踢毽子是冬天的游戏。刘侗《帝京景物略》云"杨柳死，踢

毽子",大概全国皆然。

　　踢毽子是孩子的事,偶尔见到近二十边上的人还踢,少。北京则有老人踢毽子。有一年,下大雪,大清早,我去逛天坛,在天坛门洞里见到几位老人踢毽子。他们之中最年轻的也有六十多了。他们轮流传递着踢,一个传给一个,那个接过来,踢一两下,传给另一个。"脚法"大都是"扬",间或也来一下"跳"。我在旁边看了五分钟,毽子始终没落到地下。他们大概是"毽友",经常——也许是每天在一起踢。老人都腿脚利落,身板挺直,面色红润,双眼有光。大雪天,这几位老人是一幅画,一首诗。

每个人都不同于他人,每一天他也不同于自身。

——蒲 柏

四、成长的快乐与忧伤

演习时分

【秦文君】

我的女儿萦袅今年十岁了，可还是个怀抱布娃娃、说话奶声奶气的小娇气，干什么都离不开我。有时居然连刷牙也让我代劳。我问她有没有手，她说妈妈刷牙刷得白，接着就一声一声撒着娇叫好妈妈，要么低着头往我身上拱，直到我答应为止。

有时听说某个十岁的孩子自己换乘两部车去亲戚家，又听说某个孩子十岁不到就天天回家做熟晚饭给病重的母亲吃……再看看眼前的萦袅，每天夜里要抱着布熊才肯睡。有一次她夜里梦见掉了一个玩具，第二天早上竟不愿起床，想接着做捡回玩具的梦。真是让人发愁！

可是，每当我们把那些能干孩子的故事说给萦袅听时，她总是快活地说："我真想独自去亲戚家。"要么就说："我很喜欢烧饭，往菜里放佐料太有趣了。"可说归说，每次去亲戚家时她都紧紧地拉住我的手，生怕和我走散；而每天我做饭炒菜时她永远都不来放佐料，连旁观的兴趣都提不起来。

我决定要让这小姑娘知道生活的不容易。

年初的一个休息日，先生正好出差，我一清早就向女儿宣布妈妈病了，然后就端端正正地在被窝里躺好。女儿不在意，自己吃了些饼干，又给我拿了些饼干，便自顾自去玩。我把她叫来，告诉她，病人吃不下饼干，最好吃些热的。她面露难色，许久才说："那好吧！"脸上一副豁出去的样子。

她去了厨房，那儿立刻火暴起来，我先听见碗咣一下落在地上，爆裂声十分清脆，接着听见锅盖在那儿敲出像锣一样的金属声，但我纹丝不动，只能豁出去了。

　　我听她穿梭着从厅里搬凳子到厨房,又听见水声一片,我不知她在忙碌什么,看样子是有大动作。渐渐地,一切趋于平静,反而令我万分不安。我悄悄坐起,蹑手蹑脚出去张望,只见小家伙站在高高的凳子上。我想,千万别是在厨房里一时兴起表演起杂技来。当然,要是她想跳水,往水池里跳那就更糟。不过,为了不使演习失败,我只能又返回床上。

　　又过了片刻,突然闻到一股饭香,又听到女儿招呼我吃饭。我顾不得演病人,好奇心让我冲出卧室,一看餐桌上放着肉松、酱瓜,还有一碗热气腾腾的菜泡饭,完全是一个熟练的厨师为病人准备的病号饭。

　　她居然如此能干,不仅烧了泡饭还知道家里的肉松放在顶橱里,需要踩着凳子才能取到,看来,人不可貌相,她也是个藏龙卧虎的能干小孩儿。我连忙给先生打长途,悄悄地把这发现告诉他,不料他说:"开什么玩笑!"一点不信。

　　我想,孩子的潜能多么容易被忽视,我得继续进行各种演习考察这小丫头的本事,以免受她哄了还浑然不知。不过,更重要的是,我可根据她的能力给她一片施展的天地。

今日之我已非往日之我。

——拜 伦

成长的寓言

【杜海军】

（一）

小时候，妈妈说我们一同去找寻留在沙滩上的那个童话吧，爸爸说我们一同去采摘种在山脚下的那支歌谣吧，顽皮的你说我们一同去倾听树林里小鸟儿们的歌唱吧。

妈妈笑了。

爸爸乐了。

于是，三双手携起来去了。沙滩上印制六只有大有小的足迹，山脚下灌录三个高低不同的笑音，树林间映下一帧和谐幸福的摄影……

（二）

童年就是用雾霭织成的梦帘，当第一缕初阳升在窗前、映及窗花的时候，你就远离了她。

你发现自己要长大了。

童年就这么无声地从手指缝里，从从未皱过的眉宇间，从你学会了开始向异性投注的眼波里那么快地溜掉了。

顶聪明的男孩儿竟也闹不清自己身上装着多少秘密。你的心成了一只复杂多变的黑匣子，谁也无法为其解密。你暗暗怜惜路边的小草和野花，你把自己崇拜的青春偶像藏入心灵一隅；你在寻找理解和同情的知音。你想哭，想喊，想找一个温柔的情怀倾诉……

到底是谁让你神奇地长大了呀！

(三)

人生的雨季如期而至,你认识了雷鸣和闪电,认知了残破的屋角和简陋的房檐才是理想的避风港。当胡须飞满你的两腮,你开始慨叹自己的青春岁月。想做的事儿都要存入梦中档案;不想做的却让你天天苦于应付,风雨兼程。

你不知道这就是生活,你有时面对苍天和青山发呆,想大声诅咒说自己才是天底下最大的不幸,是灵魂荒原上的一架马车,碾过坎坷和泥泞,越过沧桑和磨难,也找不到信念和希望。

可是你还不知道失却了自我才是人生的最大悲哀,你该面对整个世界,肆无忌惮,亮出自己,把一颗年轻跳跃的心交给风雨四季的大地。

(四)

窗前的树叶发黄的时候,你的心刚从遥远的海边旅途归来。

你面对夕阳心情坦然,像一棵成熟的庄稼,你面对的是镰刀和耕犁,你将被翻埋在厚厚的黄土地下,等待季节生命的轮回。

你开始悠然自得,对世界的一切失去新鲜的诱惑;你认识了什么是"永恒";你想透过这人生秋季的雾霭走入属于你自己的世界。一切都因为你的一棵生命成熟了。

你也是一颗流星,划过了沧桑的四季,该消失了。

其实这才是生命的本质。四季轮回的人生。

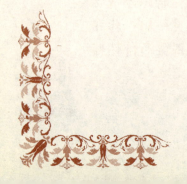

四、成长的快乐与忧伤

名人不名时

【刘燕敏】

上帝没有看轻卑微

一位父亲带儿子去参观凡·高故居，在看过那张小床及裂了口的皮鞋之后，儿子问父亲："凡·高不是位百万富翁吗？"父亲答："凡·高是位连妻子都没娶上的穷人。"第二年，这位父亲带儿子去丹麦，在安徒生的故居前，儿子又困惑地问："爸爸，安徒生不是生活在皇宫里吗？"父亲答："安徒生是位鞋匠的儿子，他就生活在这阁楼里。"

这位父亲是一个水手，他每年往来于大西洋各个港口。他的儿子叫伊尔·布拉格，是美国历史上第一位获普利策奖的黑人记者。

20年后，在回忆童年时，他说："那时我们家很穷，父母都靠做苦力为生。很长一段时间，我一直认为像我们这样地位卑微的黑人是不可能有什么出息的。好在父亲让我认识了凡·高和安徒生，这两个人告诉我，上帝没有这个意思。"促使他成功的无疑是那两位贫贱的名人。

从他们的故事中，你是否发现这样的一个事实：造化有时会把它的宠儿放在下等人中间，让他们操着卑贱的职业，使他们远离金钱、权力和荣誉，可是在某个有意义有价值的领域却让他们脱颖而出。其实，造物主常把高贵的灵魂赋予卑贱的肉体，就像我们在日常生活中，总爱把最贵重的东西藏在家中最不起眼的地方。

一个礼物换回另一个礼物

在里约热内卢的一个贫民窟里，一个男孩非常喜欢足球，可

是又买不起，于是就踢塑料盒，踢汽水瓶，踢从垃圾箱捡来的椰子壳。他在巷口踢，在能找到的任何一片空地上踢。

有一天，当他在一个干涸的水塘里猛踢一只猪膀胱时，被一位足球教练看见了，他发现这孩子踢得很是那么回事，就送给他一只足球。小男孩得到足球后踢得更卖劲了。不久，他就能准确地把球踢进远处随意摆放的一只水桶里。

圣诞节到了，男孩的妈妈说："我们没有钱买圣诞礼物送给我们的恩人，就为我们的恩人祈祷吧。"

小男孩跟妈妈祷告完毕，向妈妈要了一把铲子跑了出去，他来到一处别墅前的花园里，开始挖坑。就在快挖好的时候，从别墅里走出一个人来，问他在干什么，小男孩抬起满是汗珠的脸蛋，说："教练，圣诞节到了，我没有礼物送给您，我愿给您的圣诞树挖一个树坑。"

教练把小男孩从树坑里拉上来，说，我今天得到了世界上最好的礼物，明天你到我的训练场去吧。

三年后，这位 17 岁的男孩在第六届世界杯足球赛上独进 21 球，为巴西第一次捧回金杯。一个原来不为世人所知的名字——贝利，随之传遍世界。

天才之路都是用爱心铺成的，并且在铺成这条路的爱心中有天才自己的一颗。

四、成长的快乐与忧伤

影星和他的"侄子"

【张之路】

在北京话里,"蹭"包含有沾光的意思。本来人家的饭不是特意请你吃的,可是你也吃了;本来车不是专门送你的,可你也搭了一段路;所以北京话里有"蹭车"和"蹭饭"等等现代词语。当然,大多数情况是属于开玩笑。

我们单位有个规定,厂长进出单位大门的时候,门卫要给厂长敬礼。除了领导,其他人是没有这样的待遇的。

有一次,我们几个人和厂长一起走进大门。门卫敬了礼。厂长对我们开玩笑:你们都"蹭"了我的礼……以后,凡是我们和厂长准备一起走进大门的时候,我们都故意落后他一段距离,笑着和他说,你先走,我们不"蹭"你的礼。

我和某某影星是朋友,偶尔在一起吃饭,偶尔一起去机场接人,我发现身前身后总有许多惊讶好奇艳羡的目光环绕着我们——当然是看他,而不是看我。有衣冠楚楚大款模样的人走过来,递上名片:某某大公司的经理,说想交个朋友,能否留下电话号码等等。影星笑笑,环顾左右而言他……这一瞬间我也有几分得意——因为我是影星的朋友,我的举动也变得不自然起来,似乎我也要注意我的形象……

事后我觉得自己很可笑,在公共场合便有意和他保持一段距离,以免又"蹭"了什么不属于自己的东西。有一天聊天的时候,我便把自己微妙的心理坦诚相告。影星却给我讲了另外一件事情:影星当然和平常人一样,也有自己居住的地方,当然也会有邻居。每天出入家门,在家的周围散步,邻居也便"见怪不怪",习以为常了。如果邻居们也像剧场门口的小青年那样,不但影星受不

了，邻居也受不了……

有一天，影星走出家门，一个男孩子迎面跑过来，看样子像初中学生。

"叔叔，您上班呀？"男孩子几分紧张几分羞涩地问候，然后一言不发地跟在影星的旁边，一直走到影星上车的地方。

以后很长一段时间，影星出门的时候，经常都会遇到那个男孩。还是那句问候，不过两个字的"叔叔"变成了一个字的"叔"，然后就默默地跟着影星走。有时影星去超市买东西，他能跟到商场的门口，偶尔也说上几句话，后来，才知道他就住在不远的另外一座楼房里，就在附近的中学上初中。路上遇到同学，同学们问他上哪儿去，他就很随便地回答：有点事儿……

接下来，他便经常带些小本子请影星签名。数量也不大，每次顶多两个。影星觉得这个小子虽有点"黏乎"，但也还是挺可爱的，因为他很有分寸。当影星与家里人或朋友一起出门时他从来都不尾随。

大约是相识两个月后的一天，他向影星说，希望他到他们学校去和同学们见面，哪怕是几分钟也行。

影星说："我为什么要到你们学校去啊？"

男孩说："我们学校里搞文艺节。我已经和老师说好了……"

"可是你并没有征得我的同意啊！"

男孩几乎要哭出来："同学们都知道您是我叔叔，您一定能……我现在征求您同意还不行吗？"

影星摇摇头，最后也没有参加他"侄子"的文艺节。

我认为影星没有"摆架子"，他这样处理是正确的。如果影星真的满足了那个男孩的要求，那绝不是什么温馨的体谅。他很可能帮忙培养了一个虚伪的人。

虚荣几乎是所有正常人一不留神就会去追求的东西。何况是少不更事的青少年。虚荣不是真正的光荣，那是一种借来的甚至偷来的光荣。当你拿起它满足自己心理的需求并聊以自慰的时候，似乎还可以理解，但是，当你拿来还想换取什么的时候就值得警

四、成长的快乐与忧伤

惕了。

"蹭饭""蹭车"甚至"蹭礼"都是可能发生的,但人格和荣誉是"蹭"不来的。

在儿童时期没有养成思想的习惯。将使他从此以后一生都没有思想的能力。

——卢 梭

每个孩子都具有极大的做梦的能力,这种能力扩大他所发现的一切,用咿咿呀呀的喊声延长他欢乐的颤动。

——罗曼·罗兰

一路灯火

【北 董】

当我还是个小孩儿的时候,总是觉得漆黑的夜晚很多,有月亮的夜晚很少;寒冷的日子很多,温暖的日子很少。贫困的藤蔓缠绕着羸弱的我——一个常常害夜盲症的男孩。在我的记忆里,有一串劈啪作响的光明,那是点燃照夜的蓖麻籽。

小孩子好像都喜欢玩火。我和我的蓖麻串儿互相厮守。我家没钱买煤油,没钱买蜡烛,那时候故乡人尚不知电为何物,我是多么珍惜蓖麻灯呀。我们每个夜晚的厮守都是那么短暂。它照着我们铺开被子,很快就熄灭了。我飞快地晃着它尚红的余烬,画出美丽的椭圆。红色消逝了,暗夜里只剩下一股刺鼻的气息。

后来,更多的日子,是被煤油灯照去的。为了省油,暗红色的火苗压得无法再小。豆大的火苗,燎着过补丁连缀的破蚊帐,燎着过小小读书郎枯黄的头发,燎焦了母亲一颗褶皱的心。

羸弱的男孩,被母亲送给了他人。来到城里,我惊讶于那梨形的小小精怪——一拉就亮、一拉就灭的白炽电灯。到60年代初,高压线架到了我的家乡,每一座村落、每一户人家,都走进了一个从苏联老大哥那里传过来的童话的开头——我从一年级就知道,苏联人"点灯不用油,耕地不用牛"。我对电灯特别喜欢。不过有一段时间,买灯泡十分困难,必须用旧灯泡购新灯泡。那时候,共和国的生计陷入了艰难。

我上初中的时候,见到了日光灯——乡亲们叫它"电棍儿"。日光灯以更高的亮度大大地便利了人们。还记得我参加了鼓乐队,即使是冬夜,我这个走读十里的学生也一样地在学校里练习演奏——如雪的灯光照着曲谱:《金蛇狂舞》、《彩云追月》、《步

四、成长的快乐与忧伤

步高》……

日光灯实在是我的好朋友。它送走了我读书的年月,照耀我为少年朋友写作。我的心儿在稿纸上纵情地歌唱,我的情感在键盘上快乐地跳舞。

改革开放20年以后,共和国即将彻底消灭无电的死角,我住的小城也有了新型照明灯和霓虹灯。小城乃如待嫁新娘,那般亮丽那般迷人。我看过北京、上海等大城市的夜景,那更是灯火的海洋、彩虹的世界啊。

灯火,是人类文明的一个标志。回首一路的灯火,就看到了祖国历史的进步。

> 生活是没有旁观者的。
> ——歌德

> 成长总是那么神秘而惊人,都是由于不注意,我们才不感觉到惊讶。
> ——纪德

圣　徒

【威廉·埃克曼】

很久很久以前，有一对兄弟，他们就像你今天认识的年轻人一样……

这对兄弟招人喜爱，但是他们不怎么守规矩，骨子里有着一股子野性。有一次，他们犯下了大错，他们偷了当地村民的羊——这在很久以前，在那样一个偏远又笃信宗教的地方，是很严重的罪行。这对窃贼很快就被抓住了。当地的居民决定了他们的命运：这对兄弟的额头上将被印上 ST 两个字母，即 Sheep Thief (偷羊贼)。这个印记将伴随他们终生。

其中一个兄弟觉得羞愧难当，他逃离了这个村庄，再也没人听到过他的消息。

另一个兄弟，满怀着愧疚顺从了命运。他留了下来，用自己的行为弥补曾犯下的错误。起初，村民们对他仍心存怀疑，不愿意跟他有什么交往。但是，这个年轻人下定了决心要弥补自己所犯的错误。

村里不管是谁病了，这个额头上印着"偷羊贼"的年轻人都会跑过去用暖汤和爱心来照顾他。不管是谁家的活缺了帮手，这个"偷羊贼"都会跑过去帮上一把。不管是穷人还是富人，"偷羊贼"都乐意伸出援助的手。而且，他从未为他的善行收取过任何报酬。这一生，他似乎是为了帮助他人而活。

许多年过去后，一个游客途经他们的村庄。他坐在路边的一个小餐馆吃午餐，他的附近坐着一个老人，他发现老人的额头上印着一个奇怪的标记。他还发现，所有的村民经过老人的身旁都会停下脚步，表达他们的敬意，与老人说上几句话；小孩子也会

四、成长的快乐与忧伤

停止玩耍,给老人一个温暖的拥抱。

外地人十分好奇,问餐馆老板:"老人额头上印的那个标记是什么意思?"

"我不清楚,这是很久以前的事了……"老板回答道,接着他想了想,说,"我想那两个字母代表着'saint'(圣徒saint的缩写也是ST)吧。"

人类被赋予了一种工作,那就是精神的成长。

——列夫·托尔斯泰

人的一生是短的,但如果卑劣地过这短的一生,就太长了。

——莎士比亚

那 盏 灯

【付东流】

那一年的春天，我被一场飞来车祸轧断了双腿，造成粉碎性骨折。医生说，治愈的希望很渺茫。除了整天瞪着天花板挨着以泪洗面的日子，还能做什么呢？

在小学教音乐课的姐姐给我抱来了高中课本，默默地放在我枕边，我怒气冲冲，一股脑儿地将它们撒了一地。姐姐弯下腰，一本一本拾起来，大滴大滴的泪水从她眼睛里涌出来，我忍不住失声痛哭。

一天夜里，姐姐突然推门进来，把我扶起，指着对面那栋黑黝黝的楼房，激动地说："弟弟，瞧见那扇窗子了吗？三楼，从左边数第二个窗户？"她告诉我里面住着一个全身瘫痪的姑娘，和她的盲人母亲相依为命。姑娘白天为一家工厂糊鞋盒，晚上拼命地读书和写作。才十七岁，已发表了十几万字的作品……看着那扇窗子的灯光，我脸红了。

"弟弟，拿出勇气来呀！"

打那时起，那扇窗口的灯光时时陪伴着我。只要能看到那束柔和的灯光，我就不由自主地拿起枕边的课本。

在一个大雨滂沱的下午，姐姐为了抢救一名落水儿童，竟不幸牺牲了！噩耗传来，全家人悲痛欲绝。

夜幕降临，凉风习习，我躺在床上，辗转反侧，泪流满面。突然，一束灯光柔和地射到我脸上，我心里倏地起了个念头：我想见见那姑娘，把姐姐的故事讲给她听，还要……还要感谢她夜晚的灯光伴我度过了这个难熬的季节。我挂着双拐，跌跌撞撞地爬上了那幢楼，轻轻叩响了门。

四、成长的快乐与忧伤

没有回音，我使劲敲了敲它。对面的房门打开了，一位慈眉善目的老太太上下打量着我说："小伙子，别敲了，那是间空房。"

我呆住了。

"……从前我儿子住在这儿，后来他调走了，这间房一直空着。两个月前，一个长辫儿姑娘租下了。可说也奇怪，她并不在这儿住，只是吩咐我晚上把电灯拉亮，第二天早上再把灯关掉……"

我突然扔了双拐，跌倒在那扇门前，失声痛哭起来。耳畔似乎又响起姐姐那叮咛的声音：

"弟弟，拿出勇气来呀……"

爱是一颗星，一切迷途的船只都靠它引路，把它当无价宝。

——莎士比亚

草房子（节选）

【曹文轩】

桑桑是校长桑乔的儿子。桑桑的家就在油麻地小学的校园里，也是一幢草房子。油麻地小学是一色的草房子。它们不是用一般稻草或麦秸盖成的，而是从三百里外的海滩上打来的茅草盖成的。这一幢幢房子，在乡野纯净的天空下，透出一派古朴来。而当太阳凌空而照时，那房顶上金泽闪闪，又显出一派华贵来。

桑桑的异想天开或者做出一些出人意料的古怪的行为，是一贯的。桑桑想到自己有个好住处，他的鸽子却没有——他的许多鸽子还只能钻墙洞过夜或孵小鸽子，心里就起了怜悯，决心要改善鸽子们的住处。当那天父亲与母亲都不在家时，他叫来了阿恕与朱小鼓他们几个，将家中碗柜里的碗碟之类的东西统统收拾出来扔在墙角里，然后将这个碗柜抬了出来，根据他想象中的一个高级鸽笼的样子，让阿恕与朱小鼓他们一起动手，用锯子与斧头对它大加改造。四条腿没有必要，锯了。玻璃门没有必要，敲了。那碗柜本来有四层，但每一层都没有隔板。桑桑就让阿恕从家里偷来几块板子，将每一层分成了三档。桑桑算了一下，一层三户"人家"，四层共能安排十二户"人家"，觉得自己为鸽子们做了一件大好事，心里觉得很高尚，自己被自己感动了。当太阳落下，霞光染红草房子时，这个大鸽笼已在他和阿恕他们的数次努力之后，稳稳地挂在了墙上。晚上，母亲望着一个残废的碗柜，高高地挂在西墙上成了鸽子们的新家时，她将桑桑拖到家中，关起门来一顿结结实实地揍。

但桑桑不长记性，仅仅相隔十几天，他又旧病复发。那天，他在河边玩耍，见有渔船在河上用网打鱼，每一网都能打出鱼虾

四、成长的快乐与忧伤

来,就在心里希望自己也有一张网。但家里并无一张网。桑桑心里痒痒的,觉得自己非有一张网不可。他在屋里屋外转来转去,一眼看到了支在父母大床上的蚊帐。这明明是蚊帐,但在桑桑的眼中,它分明是一张很不错的网。他三下两下就将蚊帐扯了下来,然后找来一把剪子,三下五除二地将蚊帐改制成了一张网,然后又叫来阿恕他们,用竹竿做成网架,撑了一条放鸭的小船,到河上打鱼去了。河两岸的人都到河边上来看,问:"桑桑,那网是用什么做成的?"桑桑回答:"用蚊帐。"桑桑心里想:我不用蚊帐又能用什么呢?两岸的人都乐。女教师温幼菊担忧地说:"桑桑,你又要挨打了。"

桑桑突然意识到了问题的严重性,但在两岸那么多感兴趣的目光的注视下,他还是很兴奋地沉浸在打鱼的快乐与冲动里。中午,母亲见到竹篮里有两三斤鱼虾,问:"哪来的鱼虾?"桑桑说:"是我打的。""你打的?""我打的。""你用什么打的?""我就这么打的呗。"母亲忙着要做饭,没心思去仔细考查。中午,一家人高高兴兴地吃着鱼虾。吃着吃着,母亲又起了疑心:"桑桑,你用什么打来的鱼虾?"桑桑借着嘴里正吃着一只大红虾,故意支支吾吾地不说清。但母亲放下筷子不吃,等他将那只虾吃完了,又问:"到底用什么打来的鱼虾?"桑桑一手托着饭碗,一手抓着筷子,想离开桌子,但母亲用不可违抗的口气说:"你先别离开。你说,你用什么打的鱼虾?"桑桑退到了墙角里。小妹妹柳柳坐在椅子上,一边有滋有味地嚼着虾,一边高兴得不住地摆动着双腿,一边朝桑桑看着:"哥哥用网打的鱼。"母亲问:"他哪来的网?"柳柳说:"用蚊帐做的呗。"母亲放下手中的碗筷,走到房间里去。过不多一会儿,母亲又走了出来,对着拔腿就跑的桑桑的后背骂了一声。但母亲并没有追打。晚上,桑桑回来后,母亲也没有打他。母亲对他的惩罚是:将他的蚊帐摘掉了。而摘掉蚊帐的结果是:他被蚊子叮得浑身上下到处是红包,左眼红肿得发亮。

意 外

【伊·卡尔纳乌霍娃】

这是一九一四年的事情。十一月十一日，我上剧院去。一个人上剧院，这还是我生平第一次。我坐的是包厢。当时我的注意力并不在节目上，却急等着幕间休息：因为我随身带了一本书，它比戏剧更吸引我。这本书是早晨人家才给我的。在电车上我就开始阅读，不知不觉地就入了迷。

幕刚落，灯光一亮，我就继续埋头看书。突然，一个人影落到我的书上。我抬头一看，原来是隔壁包厢里一个颧骨高高的，却又非常面熟的人。他探身瞧着我的书，我感到有些不快。他移开视线，微笑着问："姑娘，你这样出神地在看什么？"

"高尔基的《童年》。"我硬硬地回答。

"你喜欢看吗？"

"很喜欢，请你不要妨碍我，灯光马上又要熄了。"

"对不起。"他站起来，走出了包厢。当他重新入座，下一幕已经开演了。他弯着身子，又悄悄地问我："越看越有兴趣吗？"

这时，我已经不看书了，但仍用带有生硬语气的声音回答说："是的。"

"你看到哪一段了？"

有人对我们发出了嘘声。我们不再做声了。

下一次幕间休息时，我开始看："外祖父把我推倒在长凳上，在敲打着我的面孔……"我的眼睛里早已含着眼泪，勉强忍住了，继续往下看："我忘不了母亲那苍白的面孔和张大的眼睛，她在长凳附近往返奔跑着，喉咙嘶哑地喊父亲，'把他交给我！'……"我再也忍不住，就大声地哭了起来，眼泪纷纷地滴落在敞开着的

四、成长的快乐与忧伤

书上。这时，我那古怪的邻座人站起来，从我的手里把书拿过去，瞧着被眼泪湿透了的几行，突然他把我拉近他："姑娘，不要哭！"他非常温和地说："结果比预料的要好得多。……阿辽沙长大了，成了作家……据说，甚至还出了名。"他微微地笑了笑。

在下一次幕间休息时，我没有再看书，和邻座的高个子走到休息室。我告诉他我的姓名。同时还告诉他，今天是我的十三岁生日。他建议我看一些需要的书，同时微笑着说："只是不要在剧院里看，到这里来是为了看戏。"

剧终，他送我回家。我们走到了我最喜爱的公园，一同欣赏了秋天暗蓝色的德聂伯尔河。他回忆起伏尔加河的情景。我不知道他的名字。

……整整过了一年。

我的生日又到了。出乎意料，邮递员送给我一个从彼得格勒寄来的挂号的包裹。封皮上用圆而略带一点扁平的笔迹，写着我的住址和"伊丽娜女士"。

包裹里原来是两本书：《童话集》和《夏天》。在《夏天》这本书上用和封皮上同样的笔迹写着："诞辰纪念——赠给伊丽娜。这些书你从前都很高兴地读过。你不要再把眼泪滴在上面。"最后的签名是：马克西姆·高尔基。

有价值的艺术家，是为他的信念作出牺牲的艺术家。

——列·托尔斯泰

为自己喝彩
WEI ZIJI HECAI

林肯与少女

【甘梅容】

在林肯竞选总统的那一年,格雷丝坐在自己的小房间里,看着父亲从集市上买来的一张照片。这张照片虽无色彩,但衣服上的皱纹及每根头发都看得清清楚楚。那是一张林肯像,这张憔悴的面容使她有一种难以言状的感觉。

格雷丝屋里那盏昏暗的油灯晃晃悠悠,在林肯的黑白照片上投下一些不规则的影子。有一块投影晃到林肯那瘦削的脸庞上,哎,他那凹陷的双颊不见了。对了,留连鬓胡子!留连鬓胡子就能弥补林肯瘦削的脸型的不足!可林肯怎么能知道自己应留连鬓胡子呢?得有人告诉他。格雷丝拿起笔,蘸了蘸墨水就开始写道:

亲爱的林肯先生:

我是一个 11 岁的小姑娘,很希望你能成为美国总统,所以请你不要认为我写信给你这样一位大人物是胆大包天。

你有没有像我一般大的女儿?如果有,请向她们转告我的问候,就说我爱她们。如果你没有时间写回信就请她们写。我有四个哥哥,他们有的肯定会投你的票。但是如果你能听我的话留起连鬓胡子来,我会说服其余的哥哥也来投你的票。这样,你就能当上美国总统了。

格雷丝·贝达尔
1860 年 10 月 15 日

那时候,几乎每天都有 50 多封信寄到林肯竞选办公室,但只有来自林肯的朋友及一些重要人物的信件才能通过两位秘书约翰和尼卡莱之手转交给林肯。那位尼卡莱对信件卡得特别死。

四、成长的快乐与忧伤

那天早晨，约翰拿着一封信坐到自己的椅子上："嗨，这个小女孩儿居然也来教老头子怎样竞选了。""扔到废纸篓里去。"尼卡莱马上说。"她倒有个很别致的建议，要林肯留连鬓胡子。林肯先生很爱孩子，在街上也常常会停下来与她们交谈，他管她们都叫'小妹妹'。"约翰说。"别提什么小女孩儿，也不要再说连鬓胡子。"尼卡莱真的生气了，"你马上给宾夕法尼亚州的那位官员写信，这才是当务之急……"

"怎么啦，尼卡莱，你已经不是小孩子了，应该学会耐心。"从屋子里传出林肯平静的话语。

不久，格雷丝接到了下面这封回信。

我亲爱的小姐：

你15日写来的美好的信已经收悉。首先，我不得不抱歉地说，我没有女儿。我有三个儿子，一个17岁，一个9岁，一个7岁。我的家庭就是由他们、他们的母亲和我组成的。至于连鬓胡子，我从未留过。难道你真的认为一旦我留起它，没有人会说这是件傻事吗？

你非常忠实的良好的祝愿者，亚·林肯
1860年10月19日

从此，林肯真的留起了连鬓胡子，并如愿以偿地竞选成为美国总统。林肯那封用钢笔认真书写的回信也一直保存在格雷丝·贝达尔的家里，直到1966年才以1.8万美元的价格拍卖掉。人们极为欣赏这封信，并从"人的情感"的角度去高度评价它。

> 青春和活力是属于孩子们的，他们享受着整个世界的友善和偏爱。
> ——蒙田

有些语言是如此之美

【马良晓】

多年不曾联系的高中同学从遥远的南方打来电话，问我，你那儿天气怎样？我说正千里冰封万里雪飘。她说我这儿花开得正艳，火红火红的，烧人眼呢。然后就是一段时间的沉默，我问怎么不说话了，她笑了：我正对着话筒在吹一朵红红的凤凰花呢。你闻到了吗？

我一下子就被感动了，仿佛真的有一股香气，若有若无萦绕在身边。在萧瑟落雪的寒冷北方，这样别致的问候和祝福，可以使人在心里开出花来。

外公刚刚过完米寿。他问我，你还回家过年不？我留了今年最好的茶叶，足够我们过一个冬天了。我说不回去了。他沉吟了一下，你那儿真应该比呵气成冰再冷一些的。我问为什么，外公慢条斯理地说：这样你的话一出口，就可以冻成冰了。你把它寄回来，我们想听的时候，就用文火烤，一定要用文火，滴滴答答，把你的声音拉得好长好长，可以慢慢地听。如果实在等不及，就一把大火，烧出一片春天来。雪中电话亭里的我快乐地笑了，为幽默的话语下深藏着的那不曾被山高水远所隔断的思念和牵扯不断的亲情。

邻家妹妹眼睛高度近视，做针线活时，线总是穿不进针眼。一次，她又把手指扎出血来，伯母不无心疼地嗔怪道，你连自己都看不到，就别干了。妹妹听了，竟然说：是呀，我的眼睛离我是如此近，以至于连我自己都看不清了。

她靠着想象和触听觉，是这样向我们描述四季的不同的：春天是花儿香，夏天是阳光亮，秋天是叶儿光，冬天是雪儿霜。我

四、成长的快乐与忧伤

们都为她平日里的诙谐、乐观和豁达感到高兴。在她的心中，有一个明亮的、只属于她自己的世界。

　　许多许多这样的只言片语，或许只是不经意，但蕴藏在其中的情感和人生理念，已胜过了长篇的说教铺陈，折射出了原本的生活底色。它们是如此之美，值得我们将之珍藏心底，用一生的时光去念念不忘。

诚实比一切智谋更好，而且它是智谋的基本条件。

——康德

谁若游戏人生,他就一事无成;谁不能主宰自己,便永远是一个奴隶。

——歌 德

谁希望成为一个具有智慧的人,谁就没有时间去淘气胡闹;淘气胡闹是应该自行消灭的。

——果戈理

人生下来不是为了抱着锁链,而是为了展开双翼。

——雨 果

五、永不言弃
WU YONGBU YANQI

逼你成功 / 刘　墉

命运无轨道 / 佚　名

每一只小狗都有一个目标 / 毕淑敏

河流是如何跨越沙漠的 / 汪继峰

决不放弃 / P.斯考尔克

零点五分 / 黄虹坚

打弹弓的盲童 / 赵宇宁

每天都做一点点 / 苇　笛

妈妈，我不是最弱小的 / 苏霍姆林斯基

逼你成功

【刘 墉】

我有个事业非常得意的朋友,他40多岁,没结婚,每天跑进跑出,比谁都忙。

有一天我问他,你都在忙什么啊,又是为谁忙啊?

他先愣了一下,接着笑笑,说:"我也不知道为谁忙,只觉得背着一个好大好大的包袱,每天拼命往前冲。"

"那包袱里装的是什么啊?"我开玩笑地问,"你有没有自己打开来看看?"

"我看了,我看了,"他说,"里头全是我公司职员家里的老老少少,要吃要喝,为了他们,我想不干都不成,我是被逼得往前冲。"

"你怎么不说是你自己的野心和理想,使你往前冲呢?"我不以为然地说。

"没错啊,我自己的野心和理想当然逼我冲。想想,一个人不被逼,不被环境逼、理想逼,怎么可能冲得久,又怎么可能成功?"

我就是一个会逼学生的老师。

学生找我学画的时候,我会建议他们买最好的工具,因为我发现当他花了一大笔令他心疼的钱之后,他们就不会轻易放弃。

然后,他们愈画愈好了,得到我的夸奖,盼下次还能受赞美,于是加倍努力。除了我逼,他们也自己逼自己,一步步走向成功。

我班上许多在美展入选和得奖的学生,都是这样在"内外交逼"的情况下成功的。

从另一个角度看,逼学生的老师,何尝没有逼自己?为了让学生每个礼拜都能见到老师的新作品,为了以身作则,我也不得

五、永不言弃

不画,而有了更多的成绩。"教学相长"不也是"教学相逼"吗?

写文章也是如此。不信,你去问问,哪个成功的作家没有被逼?他被两种人逼,被报社、出版社的人逼,也被他自己逼。读者逼主编,主编逼作家。作家逼自己,逼得想睡也不能睡,不想写也得写。多少惊人的作品就这样诞生了。如果你问金庸:"你这些武侠巨著怎么写成的啊?"

他很可能答:"报社连载逼出来的。"

你再问:"如果没有报社逼,你写得出来吗?"

他很可能答:"写得出,但写不了这么多。"

你或许要想,一个人没有灵魂,逼也没用。这么说,你就又错了。

你看过传统诗社的"击鼓催诗"吗?一群诗人聚会,有人出题:几言诗,什么韵,咏什么题材。

题目才喊出来,就开始击鼓,起初慢慢地一声一声击,愈击愈快,心愈急,愈写不出,鼓声愈连成一气,只见一个个平常潇洒风流的诗人,急得抓耳挠腮、满脸通红,一个月也写不出来,鼓声中居然写出了,这不是逼的吗?

好,或许你没见过击鼓催诗,但你总读过王羲之的《兰亭集序》吧。

一群文人在兰亭"流觞曲水",那是一条弯弯的水流,大家沿着水边坐下,从上游送下一盏盏盛着酒的小杯子,流到谁前面,谁就得饮酒作诗。你说,那不也是一种逼吗?

《兰亭集序》就是在这种"逼"之下诞生的。

想想,《兰亭集序》是多么有名的文学作品,那书法作品又被后代多么推崇。

再想想,王勃的《滕王阁序》是怎么写成的?

当时骚客群集,各逞文才,王勃写一句,仆人通报给主人一句。换是你,你紧张不紧张?

问题是,《滕王阁序》成为中国文学史上的不朽之作。

王勃那天若是不去,去了若是没有人逼他写,你今天能知道

为自己喝彩

谁是王勃吗?

让我作一个"文字新解"吧——

"逼",是长了脚的"一口田"。

"一口田"旁边有神的保佑,是"福"。

"一口田"上面加个屋顶,表示有房有田,是"富"。

上班的人,星期一早上不想去,还得去,因为生活逼。

念书的学生,每天放学不想做功课,还得做,因为师长逼。

一个在家从来不入厨房的人,留学在外,居然烧得一手好菜,因为环境逼。

一个登山者,跳过一条他平时绝不敢跳的深沟,因为有只野兽逼。

所幸世界上有"逼"这件事,我们才能超越自己,完成超出自己能力的事。于是,你该了解《孟子》那段话的道理了——

"故天将降大任于斯人也,必先苦其心志,劳其筋骨,饿其体肤,空乏其身,行拂乱其所为,所以动心忍性,增益其所不能。"

这段话说的不是只有四个字吗?

逼你成功。

> 如果你想快乐、被爱,那么就不要去要求,不要希望得到任何回报,只是默默付出。
>
> ——戴尔·卡耐基

五、永不言弃

命运无轨道

【佚 名】

从他记事起,他就知道父亲是个赌徒,母亲是个酒鬼;父亲赌输了,打完母亲再打他;母亲喝醉后,同样也是拿他出气。拳打脚踢中,他渐渐地长大了,但经常是鼻青脸肿、皮开肉绽。好在那条街上的孩子大都与他一样,成天不是挨打就是挨骂。

像周围大多数的孩子一样,跌跌撞撞上到高中时,他便辍学了。接下来,街头混混的日子让他倍感无聊,而那些绅士淑女们蔑视的眼光更让他觉得惊心。他一次次地问自己:这样下去,不是和父母一样了吗?成为社会垃圾、人类渣滓,带给别人留给自己的都是痛苦。难道自己一辈子就在别人的白眼中度过吗?

在一次又一次的痛苦追问后,他下定决心走一条与父母迥然不同的道路。但自己又能做些什么呢?他长时间地思索着。从政,可能性几乎为零;进大企业去发展,学历与文凭是目前不可逾越的高山;经商,本钱在哪里?……最后他想到了去当演员,这一行既不需要学历也不需要资本,对他来说,实在是条不错的出路。可他哪里又有当演员的条件呢?相貌平平,又无天赋,再说他也没受过什么专业训练啊!然而,决心已下,他相信自己能够忍受世间所有的苦而永不放弃。

于是,他开始了自己的"演员"之路。他来到了好莱坞,找明星,找导演,找制片,找一切可能使他成为演员的人恳求:"给我一个机会吧,我一定会演好的!"很不幸,他一次又一次地被拒绝了,但他并未气馁。他知道,失败一定是有原因的,每被拒绝一次,他就认真反省、检讨、学习一次……然后再度出发,寻找新的机会……为了维持生活,他在好莱坞打工,干些笨重的

零活。

两年一晃而过，他遭到了一千多次拒绝。

面对如此沉重的打击，他暗自垂泪。难道真的没有希望了吗？难道赌徒酒鬼的儿子就只能做赌徒酒鬼吗？不行，我必须继续努力！他想到，既然直接做个演员的道路如此艰难，那么，能不能换一个方法呢？他尝试着"迂回前进"：先写剧本，待剧本被导演看中后，再要求当演员。毕竟如今的他已不是初来好莱坞的门外汉了，有两年多的耳濡目染，每一次拒绝都是一次学习和一次进步……他大胆地动笔了。

一年后，剧本写了出来，他又拿着剧本遍访各位导演："这个剧本怎么样？让我当主演吧！"剧本还可以，至于让他这样一个无名之辈做主演，那简直就是天大的玩笑；不用说，他再次被拒之门外。

面对拒绝，他不断地鼓励自己："不要紧，也许下一次就行，再下一次……"在他遭到一千三百多次拒绝后，一位曾拒绝了他二十多次的导演对他说："我不知道你能不能演好，但你的精神让我感动，我可以给你一个机会。我要把你的剧本改成电视连续剧，不过，先只拍一集，就让你当男主角，看看效果再说；如果效果不好，你从此便断了当演员这个念头吧。"

为了这一刻，他已做了三年多的准备，机会是如此宝贵，他怎能不全力以赴？三年多的恳求，三年多的磨难，三年多的潜心学习，让他将生命融入了自己的第一个角色中。幸运女神就在那时对他露出了笑脸。他的第一集电视剧创下了当时全美最高收视纪录——他成功了！

现在，他已经是世界顶尖的电影巨星了。他，就是大家熟悉的史泰龙。关于史泰龙，他的健身教练哥伦布曾经做出如此评价："史泰龙做任何一件事都百分之百地投入，他的意志、恒心与持久力都令人惊叹。他是一个行动家，他从来不呆坐着等待事情发生——他主动令事情发生。"

五、永不言弃

每一只小狗都有一个目标

【毕淑敏】

有一对夫妇，有两个孩子，一个叫莎拉，一个叫克里斯蒂。当孩子还小的时候，父母决定为他们养一只小狗。小狗抱回来以后，他们就请朋友帮忙训练这只小狗，在第一次训练前，女驯狗师问："小狗的目标是什么？"夫妻俩面面相觑，很是意外，嘟囔着说："一只小狗的目标？当然就是当一只狗了。"他们实在想不出狗还有什么另外的目标。女驯狗师极为严肃地摇了摇头说："每只小狗都得有一个目标。"夫妇俩商量之后，为小狗确立了一个目标：白天和孩子们一道玩，夜里看家。后来，小狗被成功地训练成了孩子的好朋友和家的守护神。这对夫妇就是美国的前任副总统阿尔·戈尔和他的妻子迪帕。他们牢牢地记住了这句话——做一只狗要有目标，更何况是做一个人。

我们常常把别人的期待当成了自己的目标，孩童时，这几乎顺理成章的。但是，你会渐渐地长大，无论别人的期望是怎样的美好，它也不属于你。除非有一天，你成功地在自己的心底移植了这个期望，这个期望生根发芽，长成了你的目标，那时，尽管所有的枝叶都和原来的母本一脉相承，但其实它已面目全非，它的灵魂完完全全只属于你，它被你的血脉所滋养。

我们常常把世俗的流转当成自己的目标。这一阵子崇尚钱，你就把挣钱当成自己的目标。殊不知钱只是手段而非目标，有了钱之后，事情远远没有结束。把钱当成目标，就是把叶子当成了根。目标是终极的代名词，它悬挂在人生的沙海之中，你向着它航行，却永远不会抵达。你的快乐就在这跋涉的过程中流淌，而并非把目标攫为己有。从这个意义上说，钱不具备终极目标的资

格。过一阵子流行美丽，你就把制造美丽保存美丽当成了目标。殊不知美丽的标准有所不同，美丽是可以变化的，目标却是相当恒定的。美丽之后你还要做什么？美丽会褪色，目标却永远鲜艳。

有人把快乐和幸福当成了终极目标，我觉得这也值得推敲。快乐并不只是单纯的快感，类乎饮食和繁殖的本能。科学家们通过研究，发现最长远最持久的快乐，来自于你的自我价值的体现。而毫无疑问，自我价值是从属于你的目标的，一个连目标都没有的人，何谈价值呢！

一棵树的目标也许是雕成大厦的栋梁，也许是撑一把绿伞送人阴凉，也许是化做无数张白纸传递知识，也许是制成一次性筷子让人大快朵颐……还有数不清的可能，我们不是树，我们不可能穷尽也不可能明白树的心思。我们是人，我们可以为自己确立一个目标，这是做人的本分之一。

有一位女子曾说过，出名要趁早。我看，确立目标要趁早。

熟才能生巧。写过一遍，尽管不像样子，也会带来不少好处。不断地写作才会逐渐摸到文艺创作的底。字纸篓子是我的密友，常往它里面扔弃废稿，一定会有成功的那一天。

——老 舍

五、永不言弃

河流是如何跨越沙漠的

【汪继峰】

有一条小河从遥远的高山上流下来，经过了很多个村庄和森林，最后，它来到了一座沙漠的边缘。小河无法穿越沙漠。

"也许这就是我的命运了，我永远也到不了传说中那个浩瀚的大海了。"小河灰心了。

"你想没想过让自己蒸发到微风中？让微风带你从我的身上飞过，到你的目的地去？"沙漠提醒道。

小河从来不知道有这样的事情，放弃自己现在的样子，然后消失在微风中。

"不！不！"小河无法接受这样的概念，毕竟它从未有这样的经验。叫它放弃自己现在的样子那不等于自我毁灭吗？

"微风可以把水汽包含在它的身体里，然后飘过沙漠，到了适当的地点，它就把这些水汽释放出来，于是就变成了雨水。然后这些雨水又会形成河流，继续奔涌向前。"沙漠很有耐心地回答。

"那我还是原来的河流吗？"小河又问。

"可以说是，也可以说不是。"沙漠回答说，"但是，不管你是一条河流还是看不见的水蒸气，你的本质都从来没有改变。"

小河终于鼓起勇气，投入微风张开的双臂，让微风带着它，飞越过广袤的沙漠。

生命的历程有时也像这条小河，要想跨越生命中的障碍，就要有改变"自我"的勇气。

决不放弃

【P.斯考尔克】

14岁的布里恩·沃克酷爱足球,是全美一号足球射手杰姆·米勒的崇拜者。他不幸患了一种罕见的神经麻痹症,又并发了肺炎。医生切开了他的气管吸痰,并使用了呼吸器。布里恩处在绝望的时刻。

"我们已经做到了所能做的一切。"医生告诉沃克夫妇,"恢复健康必须布里恩用奋斗来配合。"

"我还能走路吗?"布里恩曾问过父亲。

"当然能,"沃克坚定地回答,"只要你有足够强烈的愿望,你就能做到你想做的一切!"

晚上,布里恩奋斗着试图活动脚趾。五个小时过去了,布里恩满身大汗,像掉在池塘里。"我不能动了,"他无声地哽咽着,"我不会好了,我要死了!"

以后的两天里,布里恩昏睡不醒。他不能说话,不能动弹。任何奋斗都离他远去了。

2月16日,沃克终于唤醒了他的意识:"我现在就去找杰姆·米勒!"

对于球星杰姆来说,医院里的情景是令人不安的。沃克夫妇在二楼迎候。那儿,一小群医院职工聚在一块要见见这位名人。但更使他感到不安的是布里恩。他瞥见了一个几乎淹没在软管和机器中的憔悴的影子。

沃克走近儿子,指着挂在墙上的一件"欧尔密斯"运动衫。"布里恩,"他说,"你是多么想见到这件运动衫的主人,是吗?"

"杰姆·米勒?"布里恩的脸亮了一下。"我不相信,"他想,

五、永不言弃

"他不会在这儿。"

可是,那儿,那在门口的人,就是他所崇拜的英雄,泪水从他瘦削的脸上流下,他激动得颤抖起来。

"嘿,小伙子,你怎么了?"杰姆说。他大步走向布里恩,在病床前俯下身,伸出手。真是不可思议,布里恩伸出左手,握住了这位足球明星的手。这是他两个星期以来第一次移动胳膊。布里恩紧紧抓住杰姆,足足有一个小时。

"你会战胜病魔的,但这可不容易。"杰姆说,"你一定要像攻入球门那样达到目标,并为此而努力。我呢,也必须为所向往的一切而战斗。等你好了些,我们就互相练射门!"

这些话对布里恩是特效药。"我和杰姆·米勒一起踢球?"他喃喃说道。

"你可不能放弃希望,"杰姆平静地继续说,"我知道,你将战胜这一切。我打算每星期都来看你,直到你出院回家为止。我希望看到你的进步。好,答应我,你打算试一试。"

"我全力以赴。"布里恩吃力地点了点头。

布里恩的左手垂在床上,一动也不能动。仅仅几小时之前,他还举起这只胳膊和米勒握了手。"我已这样做过,就能做第二遍。"他把浑身的力气都向柔弱的手指集中。"动一动!"他命令道。但手指像块石头,一点也不听使唤。布里恩一次又一次地想活动手。每当要放弃努力时,他就想到了杰姆。"没法活动十个手指,"最后布里恩想道,"也许我可以每次活动一个手指。"他看着右手的食指。"动一下!"他说。但是什么也没有发生。

两小时过去了,他已精疲力竭,他平生还没有这样奋斗过。"我不行了。"他想。

突然,在又一次努力时,一个手指出乎意料地颤动了一下。"我能动了!一个能动,十个为什么不能?"

十一点半,布里恩已能活动右手的全部五个手指了。第二天上午,他已在活动着左手的五个手指了。

"我一定能好起来,既然杰姆都相信我,那么,我一定更要相

为自己喝彩

信我自己。每个星期，我都要向他证明，我在战斗着。杰姆将为我而骄傲。"

在首次访问的一个星期之后，杰姆再次步入病房时，发现布里恩倚在一大摞枕头上，正在把一片汉堡包吞进嘴里。

"你在吃饭！"杰姆对他的进步感到惊讶。

布里恩指指立在那儿的呼吸器。"我丢掉了它，我自己能呼吸了。"杰姆明白了他的意思。

杰姆很高兴。"好，小伙子，我知道你像一个战士，"他说，"我真为你自豪。有一天你将成为一个优秀运动员，因为你有运动员的毅力和勇敢！"

布里恩被夸得脸红了。

"我给你带了点东西。"转眼之间，杰姆把"索普"杯大赛时穿的那件衬衫递到了布里恩的身边。这是杰姆穿过的，一件真正的运动衫。

接着，杰姆谈起了他最艰苦的比赛，谈到了他们所遇到的最强硬的挑战，谈到了日常的训练，还谈到了他的烦恼。

布里恩听得出了神。在他心中，一个美梦重新做起。"我是一名优秀射手。有朝一日我还要踢球，我知道我能。"

布里恩利用一切机会锻炼自己。用床栏作柱子，他试着坐起来，头和肩抬起了两英寸，这是一个巨大的胜利。过了一些时候，又能抬起四英寸。

当杰姆下一次来时，布里恩能动脚趾了。杰姆大笑着，看着仍然那么瘦弱单薄的布里恩，他甚至怀疑："如果这件事落在我头上，我也能做到这一切吗？"

布里恩正等得不耐烦，杰姆走进了门。

"Hello！"布里恩脱口而出。

"你能说话了！"

"谢谢！"布里恩向朋友伸出手，"多谢你来看我。"

杰姆脸红了。"我为此感到骄傲。"他轻轻地说，然后，他对他的崇拜者微微一笑，"你是一个做到了一切的人，布里恩，你

五、永不言弃

记住吧。这是你自己做到的。"

但布里恩知道：没有杰姆·米勒，他是不可能做到这一切的。

3月14日，布里恩出院了。他才仅仅能够站起来。医生们告诉他，他应该继续接受几个月的体育疗法的治疗。他没有在意，还是回家了。

六月初，布里恩终于回到了草坪前的足球场。"这一球，为了杰姆·米勒！"他大喊道。他向前两步，抬起右腿，把球一脚射去。

对布里恩来说，这一射虽然只有十五码远，但就像取得了"索普杯"一样漂亮！

成功＝艰苦的劳动＋正确的方法＋少谈空话。

——爱因斯坦

零点五分

【黄虹坚】

语文测验，有一题要用"艳丽"造句，子勇写的是：这朵荒漠上艳丽的鲜花，令人眼前一亮。

吴老师把它改成了：这朵荒漠上的鲜花，开放得十分艳丽。

子勇看试卷时说："还好，才扣了0.5分。"

妈妈却摇摇头说："我喜欢你原来的句子。"

"我也是！"子勇来了兴致，"只有用'眼前一亮'这个词，才能显出在荒漠上见到一朵鲜花的意外惊喜……"

"说得好！"妈妈微笑着，"你跟吴老师说过这些话吗？"

子勇叫了起来："妈妈，你怎么了？为了0.5分去找老师论理，老师不觉得你骄傲自大才怪呢！"

妈妈一脸的认真："不是为这0.5分，是为了把你真实的想法告诉老师。在与老师的谈话中，或者能了解老师的想法呢！"

子勇搔了搔头发："妈妈说得有道理。"不过，他还是下不了决心去找吴老师。

妈妈看看子勇的脸色，说："好，我说简单点……去找吴老师，就当是检验一下自己的勇气，好不好？"

第二天，子勇一见到吴老师，心里就像敲开了鼓。说？不说？说吧，他怕老师说自己骄傲；不说吧，又的确显得自己没有勇气。两个心思打了架，好一会儿，子勇对自己喊了一声："去吧！又不是去死！"声音把邻座吓了一跳。

子勇刚要向吴老师走去，吴老师也正好站在教室门口向他招手。

"子勇，我想了一下，还是你原来造的句子好……"吴老师从

五、永不言弃

刚收上来的测验试卷中抽出了子勇的那一张,用红笔划去了她改写的一句。

"咚"一声,子勇觉得心上的石头落了地:"我自己也喜欢原来的句子,因为……"子勇的口齿伶俐起来,话说得又多又快。

吴老师微笑着在卷面上加上了 0.5 分。

"我可不是为了 0.5 分啊!"子勇说着,忽然口吃起来,"我是为了……为了……"

吴老师笑着看着他:"老师明白的。"

子勇一身轻松地走回座位,心里还有些后悔:要是能在吴老师开口前就主动讲这件事,那就更好了。但他是有勇气的,他拿定主意时喊出的话,不是还把邻座吓了一跳吗?

> 人生是短促的,这句话应该提醒每一个人去进行一切他所想做的事。虽然勤勉不能保证一定成功,死亡可能摧折欣欣向荣的事业,但那些功业未遂的人,至少已有参加行伍的光荣,即使他未获胜,却也算战斗过。
>
> ——约翰逊

打弹弓的盲童

【赵宇宁】

夏季的一个夜晚,天色很好。我出去散步,在一片空地上,看见一个10岁左右的小男孩和一位妇女。那孩子正用一把做得很粗糙的弹弓打一只立在地上、离他有七八米远的玻璃瓶。

那孩子有时能把弹丸打偏一米,而且忽高忽低。我便站在他身后不远,看他打那瓶子,因为我还没有见过打弹弓这么差的孩子。那妇女坐在草地上,从一堆石子中捡起一颗,轻轻递到孩子手中,安详地微笑着。那孩子便把石子放在皮套里,打出去,然后再接过一颗。从那妇女的眼神中可以看出,她是那孩子的母亲。

那孩子很认真,屏住气,瞄很久,才打出一弹。但我站在旁边都可以看出,他这一弹一定打不中,可是他还在不停地打。

我走上前去,对那母亲说:"让我教他怎样打好吗?"

男孩停住了,看着瓶子的方向。

他母亲对我笑了一笑。"谢谢,不用!"她顿了一下,望着那孩子,轻轻地说,"他看不见。"

我怔住了。

半晌,我喃喃地说:"噢……对不起!但为什么?"

"别的孩子都这么玩。"

"呃……"我说,"可是他……怎么能打中呢?"

"我告诉他,总会打中的,"母亲平静地说,"关键是他做了没有。"

我沉默了。

过了很久,那男孩打弹弓的频率逐渐慢了下来,他已经累了。他母亲没有说什么,还是很安详地捡着石子儿,微笑着,只是递

五、永不言弃

的节奏也慢了下来。

我慢慢发现，小男孩打得很有规律，他打一弹，向旁边移一点，打一弹，再偏移一点，然后再慢慢往回移。

他只知道大致方向啊！

夜风轻轻袭来，蛐蛐在草丛中轻唱起来，天幕上已有了疏朗的星星。那由皮条发出的"噼啪"声和石子崩在地上的"砰砰"声仍在单调地重复着。对于那孩子来说，黑夜和白天并没有什么区别。

又过了很久，夜色笼罩下来，我已看不清那瓶子的轮廓了。"看来今天他打不中了。"我犹豫了一下，对他们说声"再见"，便转身向回走去。

走出不远，身后传来一声清脆的瓶子的碎裂声。

> 多数人在人潮汹涌的世间，白白挤了一生，从来不知道哪里才是他所想要到达的地方，而有目标的人却始终不忘记自己的方向，所以他能打开出路，走向成功。
>
> ——罗 兰

每天都做一点点

【苇 笛】

天色灰暗，几名游客驱车行驶在山中一条铺满松针的小道上，茂密的常青树罩在他们的上空。越往前去，山中的景色愈加荒凉。突然，在转过一个弯后，他们一下子震惊得喘不过气来。

就在眼前，就在山顶，就在沟壑和树林灌木间，有好大一片水仙花。各色各样的水仙花怒放着，从象牙般的淡黄到柠檬般的嫩黄，漫山遍野地燃烧着，像一块美丽的地毯，一块燃烧着的地毯。

是不是太阳不小心跌倒了？如小溪般将金子漏在山坡上？在这令人迷醉的黄色正中，是一片紫色的风信子，如瀑布倾泻其中；一条小径穿越花海，小径两旁是成排的珊瑚色的郁金香；仿佛这一切还不够美丽似的，倏忽有一两只蓝鸟掠过花丛，或在花丛间嬉戏，它们的红色胸脯和宝蓝色的翅膀就像闪动的宝石。

是谁创造了这么美丽的景色？是谁创造了这样一座完美的花园？在这个荒无人烟的地带，这座花园是怎样建成的？无数的问号在游客的脑海里跳跃，他们下车走入园中。

在花园的中心，有一栋小木屋，上面有一行字：我知道您要问什么，这儿是给您的回答。第一个回答是：一位妇人——两只手，两只脚和一点看法；第二个回答是：一点点时间；第三个回答是：开始于1958年。

面对简洁的文字，游客们默默无语。一位平凡的妇人，凭借40年间一点点的、不停的努力，竟然创造出一个美丽的奇迹，而这个世界也因为她的努力而变得更加美丽。

在我们年轻的心中，成功是一个了不起的字眼儿，就如同远

五、永不言弃

方那一座雄伟的山峰，可望而难以企及。然而，当我们面对这座燃烧的花园时，我们就会明了，成功其实很简单，那就是每天只做一点点，但又坚持着每天都做一点点。就像那位平凡的妇人最终创造出一座美丽的花园一样，如果我们能够选准目标持之以恒地做下去，总有一天，奇迹也会在我们的手中出现。

成功的科学家往往是兴趣广泛的人。他们的独创精神可能来自他们的博学。多样化会使人观点新鲜，而过于长时间钻研一个狭窄的领域，则易使人愚蠢。

——贝弗里奇

妈妈，我不是最弱小的

【苏霍姆林斯基】

有一次，有一家人全家在假日里到森林中去：父亲、母亲、五年级学生托利亚和四岁的萨沙。森林里是那么美好，那么欢快，孩子们的父母让他们看看盛开着铃兰花的林中旷地。

林中旷地附近长着一丛丛野蔷薇，第一朵花开放了，粉红粉红的，芬芳扑鼻。全家人都坐在灌木附近。父亲在看一本有趣的书。突然雷声大作，飘下几滴雨点，接着大雨如注。

托利亚把自己的雨衣给了妈妈，虽然她并不怕淋雨；而妈妈却又把雨衣给托利亚，虽然他也并不怕淋雨。

萨沙问道：

"妈，托利亚把自己的雨衣给您，您又把雨衣给托利亚，托利亚又把雨衣给我穿上，你们干吗这样做呢？"

"每个人都应该保护更弱小的人。"妈妈回答说。

"那么，我干吗又保护不了任何人呢？"萨沙问道，"就是说，我是最弱小的人啰？"

"要是你谁也保护不了，那你真是最弱小的人！"妈妈笑着回答说。

他朝蔷薇丛走去，掀起雨衣的下部，盖在粉红的蔷薇花上；滂沱大雨已经冲掉了两片蔷薇花瓣，花儿低垂着头，因为它娇嫩纤弱，毫无自卫能力。

"现在我该不是最弱小的了吧，妈妈？"萨沙问道。

"是呀，现在你是强者，是勇敢的人啦！"妈妈这样回答他。

六、让苦难芬芳
LIU RANG KUNAN FENFANG

挫折中的教育课
  第一课 挫折 / 李泽泉
  第二课 极夜的故事 / 莫小米
  第三课 挫折的礼物 / 郭书龙
我最幸福 / 华 夏
你不能施舍给我翅膀 / 张丽钧
让苦难芬芳 / 乔 叶
苦难与天才 / 梦 萌
位置 / 崔 浩
与人为善 / 佚 名

挫折中的教育课

第一课 挫 折
李泽泉

一对农村夫妻四十得子，因而宠爱有加。在蜜罐中长大的儿子养成了一意孤行的脾性，做事毛毛糙糙，就连走路也走不好，时常跌进水田里，很是让望子成龙的父母焦心。

儿子七岁那年，顺理成章上了小学。顽皮的他走路喜欢东张西望，不是弄湿了鞋子，就是弄脏了裤子，哭鼻子成了家常便饭。做母亲的整日跟在他后面洗，也无法让他穿得干净。

一天，孩子的父亲带一把铁锹去儿子上学必经的田埂上，在上面断断续续地挖了十几道缺口，然后用棍棒搭成一座座小桥，只有小心走上去才能通过。那天放学，儿子走在田埂上，看面前一下子多出了这么多的小桥，很是诧异。是走过去，还是停下来哭泣？四顾无人，哭也没有观众啊。最终他选择了走过去。当背着书包的他晃晃悠悠地通过小桥时，惊出一身冷汗，他第一次没有哭鼻子。

吃饭的时候，儿子跟爸爸讲了今天走过一座座小桥的经历，脸上满是神气。做父亲的坐在一旁，夸他勇敢。以后，他上学的路上再也没惹过麻烦。

妻子对丈夫的举措有些不解，丈夫解释道："平坦的道上，他左顾右盼，当然走不好路；坎坷的路途，他的双眼必须紧盯着路，因而走得平稳。"

挖断孩子前进的路，培养他们脚踏实地的习惯，他们今后的人生就会少些失败多些成功。

第二课 极夜的故事
莫小米

意外地,一行探险者没来得及赶在日落前离开,他们被留在了南极,留在了极夜。

虽说有足够的食物与生活必需品,可整整一个多月,这儿将只有黑夜没有白昼,冰天雪地,生灵绝迹,与世隔绝,与光明隔绝。人,能挨得过去吗?

寂寞与枯燥终于让他们难以忍受,他们觉得自己快发疯了。

这时,真的就有一个人发疯了。他那抑郁的状态十分可怕,不吃不睡,整个人像南极的冰原一样被封冻死寂,然后,无声地吞噬着周围的一切……

大家着急地围着劝慰,你一言我一语。忽然发现,只要有人对他讲话,他的症状就会缓解一些;要是有人讲起一个好听的故事,他的表情就明显地生动起来。于是规定,每人一天,轮流为病人讲故事,没轮到的日子就自个儿去编。

千姿百态,千奇百怪。为了帮助同伴摆脱困厄,每个人都调动了有生以来最大的想象力、创造力。那些故事非常精彩。

接下去的事情就很容易想象了,在那么多美丽的故事的治疗下,病人的症状没有恶化,他们终于相互搀扶着,熬过了漫漫极夜。

这个感人的故事是听一名探险队员亲口说的。他就是那个病人。他其实不是病人,他是一个急中生智的医生。当时他清楚地知道,若再不采取措施,大家的精神迟早都会崩溃的。所以,他率先"疯"了。

第三课 挫折的礼物
郭书龙

有一个博学的人遇见了上帝。他生气地问:"我是一个博学的人,为什么你不给我机会让我成名呢?"

上帝无奈地回答:"你虽然博学,但样样都只尝试了一点儿,不够深入,用什么去成名呢?"

那个人听完上帝的话后便苦练钢琴,虽然弹得一手好钢琴却还是没有出名。他又去问上帝:"上帝啊!我已经精通了钢琴,为什么您还不给我好的机会让我出名呢?"

上帝摇摇头说:"并不是我不给你机会,而是你抓不住机会。第一次我暗中帮助你去参加钢琴比赛,你缺乏信心,第二次缺乏勇气,又怎么能怪我呢?"

那人听完上帝的话,便又苦练数年,建立了自信心,并且鼓足了勇气去参加比赛。

他弹得非常出色,却由于裁判的不公正而被别人占去了成名的机会。

那个人问上帝:"这一次我已经尽力了,看来上天注定我是不会出名的。"

上帝微笑着对他说:"其实你已经快成功了,只需最后一跃。"

"最后一跃?"他瞪大了双眼。

上帝点点头说:"你已经得到了成功的入场券——挫折。现在你得到了它,成功便成为挫折给你的礼物。"

这一次那个人牢牢记住上帝的话,他果然成功了。

超越自然的奇迹,总是在对厄运的征服中出现的。

——培 根

六、让苦难芬芳

我 最 幸 福

【华 夏】

打开电视，手中的遥控器无意中搜到这样一个画面：一个女孩儿在讲述她的经历。

女孩儿身材小小的，脸上带着微笑，眼里却闪着泪光。我还没听清她在说什么，就被她的微笑和泪光吸引住了。女孩儿正在讲述她上学时的一段经历："当时是冬天，特别冷。我趴在教室外的墙上，听老师讲课。老师提了一个问题，班上没有一个同学能回答出来。我想，这么简单的问题他们怎么都不会呢？我也没想那么多，就把答案喊了出来。教室里的老师一直没有发现我，听我一喊，感觉非常惊讶，推开门出来看。我吓坏了，就从墙上掉了下来。老师被我的行为感动了，就把我领进了教室，对同学们说，咱们就收留她吧，每天让她和你们一块儿上课，不告诉学校。就这样，我上完了小学。"

女孩儿小学毕业考试成绩是他们全县的第一名，可是却没有一个中学录取她，因为她没有双手。讲到这里，我才发现女孩儿的两个袖管空空的，里面什么都没有。女孩儿的母亲脑子出了毛病，隔一段时间就要出走一次。在她很小的时候，她母亲又一次出走，她的双手就是因为母亲的出走失去的。具体怎么失去的，因为我是中途打开电视的，没有听到。

我听到主持人问她："你的双手是因为母亲的出走失去的，你恨没恨过她？"她说："没有。从来没有。我爱她。我总是觉得对不起她。"

一天，她的母亲又一次出走，就再也没有回来。后来，在结了冰的河里，人们找到了她的母亲。女孩儿讲到这里泪流满面，

为自己喝彩

说:"是我没有照顾好母亲。"以后的日子里,女孩儿一想起不幸的母亲,就感到深深的自责。

没有了双手,失去了母亲,上不了中学,可是女孩儿却写了一篇作文,题目叫做《我最幸福》。作文在全县的一次征文中,获得了一等奖。主持人只念了开头的两段儿,里面没有一句抱怨,有的全是对生活的感激。

我的心里好像有一口大钟,被女孩儿这篇作文的题目,还有她对生活那种感激的态度,撞响了。回声在我的体内久久地、久久地震荡。

女孩儿辍学在家,除了给父亲、哥哥做饭,还自学了中学的课程。电视里有女孩儿用两只脚切土豆的画面,她切得很细,脸上带着坚毅自信的笑容,可我却看得心惊肉跳。我赶紧把妻子叫来一块儿看。儿子已经睡着了,我没敢把他叫醒。第二天,当我给他讲述这个女孩儿的时候,他说:"你怎么不把我叫醒呢!"

女孩儿说,她什么饭都会做,米饭、炒菜都是简单的,她还会蒸包子和包饺子呢。女孩儿不仅用双脚学会了做饭,还学会了画画和书法。电视里展示了她的绘画作品,在我这个外行看来,水平绝对不低。她还现场表演了书法,她写的还是那四个字:"我最幸福"。字体端正大方。我虽然不太懂书法,但我觉得那四个字比任何一个书法大家的作品,都更能征服我。

如果哪一天,我有幸见到这个女孩儿,我一定请她给我写这四个字。我要把它装裱好,挂在家里最醒目的地方,向每一个看到它的人,介绍这四个字的出处。

女孩儿后来被一所大学破格录取了。独立生活的她,特别自豪,因为她学会自己上厕所了。军训时她叠的被子,让部队的领导都感到惊讶。领导说,要把她叠被子的录像留下来,新兵入伍时让他们都看看。

她的讲述让身边的妻子泪流满面。我作为一个男人,虽然没有落泪,但我特别想找一个没有人的地方,放声大哭一场。为什么会有这样的冲动呢?我也说不清。电视里还出现了女孩儿在旷

六、让苦难芬芳

野里舞蹈的画面,她的两个空空的袖管随风摆动的情景,将我深深打动。

在以后的几天里,我总是想起这个女孩儿和她的经历。眼前不断浮现出她写的四个大字:"我最幸福"。那个女孩儿没有双手,经历坎坷,可她却感觉"我最幸福",我呢?我们呢?

只有经过地狱般的磨炼,才能炼出创造天堂的力量;只有流过血的手指,才能弹奏出世间的绝唱。

——泰戈尔

你不能施舍给我翅膀

【张丽钧】

在蛾子的世界里，有一种蛾子名叫"帝王蛾"。

以"帝王"来命名一只蛾子，你也许会说，这未免太夸张了吧？不错，如果它仅仅是以其长达几十厘米的双翼赢得了这样的名号，那的确是有夸张之嫌；但是，当你知道它是怎样冲破命运的苛刻安排，艰难地走出恒久的死寂，从而拥有飞翔的快乐时，你就一定会觉得那一顶"帝王"的桂冠真是非他莫属。

帝王蛾的幼虫时期是在一个洞口极其狭小的茧中度过的。当它的生命要发生质的飞跃时，这天定的狭小通道对它来讲无疑成了鬼门关。那娇嫩的身躯必须拼尽全力才可以破茧而出。太多太多的幼虫在往外冲杀的时候力竭身亡，不幸成了"飞翔"这个词的悲壮祭品。

有人怀了悲悯恻隐之心，企图将那幼虫的生命通道修得宽阔一些。他们拿来剪刀，把茧子的洞口剪大。这样一来，茧中的幼虫不必费多大力气，轻易地就从那个牢笼里钻了出来。但是，所有因得到救助而见到天日的蛾子都不是真正的"帝王蛾"——它们无论如何也飞不起来，只能拖着丧失了飞翔功能的累赘的双翅在地上笨拙地爬行！

原来，那"鬼门关"般的狭小茧洞恰是帮助帝王蛾幼虫两翼成长的关键所在。穿越的时刻，通过用力的挤压，血液才能顺利送到蛾翼的组织中去。唯有两翼充血，帝王蛾才能振翅飞翔。人为地将茧洞剪大，蛾子的翼翅就失去了充血的机会，生出来的帝王蛾便永远与飞翔无缘。

没有谁能够施舍给帝王蛾一双奋飞的翅膀。

六、让苦难芬芳

我们不可能成为统辖他人的帝王，但是我们可以做自己的帝王！不惧怕独自穿越狭长的、黑黑的隧道，不指望一双怜悯的手送来廉价的资助，将血肉之躯铸成一支英勇无畏的箭镞，带着呼啸的风声，携着永不坠落的梦想，拼力穿透命运设置的重重险阻，义无反顾地射向那辽阔美丽的长天……

必须体验过痛苦，才体会到生的快乐。

——大仲马

让苦难芬芳

【乔 叶】

最近认识的一个朋友,是个农民,做过木匠,干过泥瓦工,收过破烂,卖过煤球,在感情上受到过致命的欺骗,还打过一场三年之久的麻烦官司。现在他独自闯荡在一个又一个城市里,做着各种各样的活计,居无定所,四处飘荡,经济上也没有任何保障。看起来仍然像一个农民,但是他与乡村里的农民不同的是,他虽然也日出而作,但是不日落而息——他热爱文学,写下了许多清澈纯净的诗歌。每每读到他的诗歌,都让我觉得感动,同时惊奇。

"你这么复杂的经历怎么会写出这么柔情的作品呢?"我曾经问他,"有时候我读你的作品总有一种感觉,觉得只有初恋的人才能写得出。"

"那你认为我该写出什么样的作品呢?《罪与罚》吗?"他笑。

"起码应当比这些作品沉重和黯淡些。"

他笑了,说:"我是在农村长大的,农村家家都储粪。小时候,每当碰到别人往地里送粪时,我都会掩鼻而过。那时我觉得很奇怪,这么臭这么脏的东西,怎么就能使庄稼长得更壮实呢?后来,经历了这么多事,我却发现自己并没有学坏,也没有堕落,甚至连麻木也没有,就完全明白了粪和庄稼的关系。"

我看着他。他想做一个怎样的比喻呢?

"粪便是脏臭的,如果你把它一直储在粪池里,它就会一直这么脏臭下去。但是一旦它遇到土地,情况就不一样了。它和深厚的土地结合,就成了一种有益的肥料。对于一个人,苦难也是这样。如果把苦难只视为苦难,那它真的就只是苦难。但是如果你

六、让苦难芬芳

让它与你精神世界里最广阔的那片土地去结合，它就会成为一种宝贵的营养，让你在苦难中如凤凰涅槃，体会到特别的甘甜和美好。"

这个智慧的人，他是对的。土地转化了粪便的性质，他的心灵转化了苦难的流向。在这转化中，每一场沧桑都成了他唇间的洌酒，每一道沟坎都成了他诗句的花瓣。他文字里那些明亮的妩媚原来是那么深情、隽永，因为其间的一笔一画都是他踏破苦难的履痕。

他让苦难芬芳，他让苦难醉透。能够这样生活的人，多么让人钦羡。

后来，我把他的一首小诗抄录下来，作为自己的座右铭：

  我健康的赤足是一面清脆的小鼓
  在这个雨季敲打着春天的胸脯
  没有华丽的鞋子又有什么关系啊
  谁说此刻的我不够幸福

困苦能孕育灵魂和精神的力量。
——雨果

苦难与天才

【梦 萌】

上帝像精明的生意人，给你一分天才，就搭配几倍于天才的苦难。

世界超级小提琴家帕格尼尼就是一位同时接受两项馈赠又善于用苦难的琴弦把天才演奏到极致的奇人。

他首先是一位苦难者。4岁时一场麻疹和强直性昏厥症，已使他快入棺材。7岁又险些死于猩红热。13岁患上严重肺炎，不得不大量放血治疗。46岁牙床突然长满脓疮，只好拔掉几乎所有牙齿。牙病刚愈，又染上可怕的眼疾，幼小的儿子成了他手中的拐杖。50岁后，关节炎、肠道炎、喉结核等多种疾病吞噬着他的肌体。后来声带也坏了，靠儿子按口型翻译他的思想。他仅活到57岁，就口吐鲜血而亡。死后尸体也备受磨难，先后搬迁了8次。

上帝搭配给他的苦难实在太残酷无情了。

但他似乎觉得这还不够深重，又给生活设置了各种障碍和漩涡。他长期把自己囚禁起来，每天练琴10至12小时，忘记饥饿和死亡。13岁起，他就周游各地，过着流浪的生活。除了儿子和小提琴，他几乎没有一个家和其他亲人。

苦难才是他的情人，他把她拥抱得那么热烈和悲壮。

他其次才是一位天才。3岁学琴，12岁就举办首次音乐会，并一举成功，轰动舆论界。之后他的琴声遍及法、意、奥、德、英、捷等国。他的演奏使帕尔马首席提琴家罗拉惊异得从病榻上跳下来，木然而立，无颜收他为徒。他的琴声使卢卡观众欣喜若狂，宣布他为共和国首席小提琴家。在意大利巡回演出产生神奇效果，人们到处传说他的琴弦是用情妇肠子制作的，魔鬼又暗授

六、让苦难芬芳

妖术,所以他的琴声才魔力无穷。维也纳一位盲人听他的琴声,以为是乐队演奏,当得知台上只他一人时,大叫"他是个魔鬼",随之匆忙逃走。巴黎人为他的琴声陶醉,早忘记正在流行的严重霍乱,演奏会依然场场爆满……他不但用独特的指法弓法和充满魔力的旋律征服了整个欧洲和世界,而且发展了指挥艺术,创作出《随想曲》、《无穷动》、《女妖舞》和6部小提琴协奏曲及许多吉他演奏曲。几乎欧洲所有文学艺术大师如大仲马、巴尔扎克、司汤达、肖邦等都听过他演奏并为之激动。音乐评论家勃拉兹称他是"操琴弓的魔术师"。歌德评价他"在琴弦上展现了火一样的灵魂"。李斯特大喊:"天啊,在这四根琴弦中包含着多少苦难、痛苦和受到残害的生灵啊!"

上帝创造天才的方式就是这般独特和不可思议。

人们不禁问,是苦难成就了天才,还是天才特别热爱苦难?

这问题一时难说清。但人们分明知道,弥尔顿、贝多芬和帕格尼尼被称为世界文艺史上三大怪杰,居然一个成了瞎子,一个成了聋子,一个成了哑巴!——或许这是上帝用他的搭配论摁着计算器早已计算搭配好了的呢。

> 不幸,是天才的进身之阶,信徒的洗礼之水,能人的无价之宝,弱者的无底之渊。
>
> ——巴尔扎克

位　置

【崔　浩】

迈克在求学方面一直遭遇失败与打击，高中未毕业时，校长对他的母亲说："迈克或许并不适合读书，他的理解能力差得让人无法接受。他甚至弄不懂两位数以上的计算。"

母亲很伤心，她把迈克领回家，准备靠自己的力量把他培养成材。可是迈克对读书不感兴趣，为了安慰母亲，他也试着努力学习，但是不行，他无论如何也记不住那些需要记忆的知识。

一天，当迈克路过一家正在装修的超市时，他发现有一个人正在超市门前雕刻一件艺术品，迈克产生了兴趣，他凑上前去，好奇而又用心地观赏起来。

不久，母亲发现迈克只要看到什么材料，包括木头、石头等，他一定会认真而仔细地按照自己的想法去打磨和塑造它，直到它的形状让他满意为止。母亲很着急，她不希望他玩弄这些东西而耽误学习。迈克不得不听从母亲的吩咐继续读书，但同时又从不放弃自己的爱好，他一直在想做得更好。

迈克最终还是让母亲彻底失望了，没有一所大学肯录取他，哪怕是本地并不出名的学院。母亲对迈克说："你走自己的路吧，没有人会再对你负责，因为你已长大！"

迈克知道他在母亲眼中是一个彻底的失败者，他很难过，决定远走他乡去寻找自己的事业。

许多年后，市政府为了纪念一位名人，决定在市政府门前的广场上置放名人的雕像。众多的雕塑大师纷纷献上自己的作品，以期望自己的大名能与名人联系在一起，这将是难得的荣耀和成

六、让苦难芬芳

功。

最终一位远道而来的雕塑师获得了市政府及专家的认可。在开幕式上，这位雕塑大师说："我想把这座雕塑献给我的母亲，因为我读书时没有获得她期望中的成功，我的失败令她伤心失望。现在我要告诉她，大学里没有我的位置，但生活中总会有我一个位置，而且是成功的位置。我想对母亲说的是，希望今天的我不至于让她再次失望。"

这个人当然就是迈克。在人群中，迈克的母亲喜极而泣。她知道迈克并不笨，当年只是她没有把他放对位置而已。

对于一颗坚定的心来讲，没有什么是不可能的。

——约翰·海伍德

与人为善

【佚 名】

在美国的一个小城镇上，有一个夜晚，刮着北风，透着刺骨的寒冷，一对老夫妻步履蹒跚地走在街上。由于夜深了，天气寒冷，很多旅馆不是人已经满了，就是早早关了门。这对夫妻，又冷又饿，希望尽快找到住处。

当他们来到路边一家简陋的旅店，店里的小伙计充满歉意地说："店里客人都满了。"

"我们找了好多家旅店，这样糟糕的天气，我们该怎么办呢？"屋外，呼呼刮着寒风，眼看就要飘起雪花了，让这对夫妻非常发愁。

店里的小伙计不忍心让这两位老人再继续受冻，他说："如果你们不计较的话，今晚就住在我的床位上吧，我自己在店堂里打个地铺。"

小伙计见他们饥寒交迫，又给他们端来热水和热乎乎的饭菜，为老夫妻铺好了床，老夫妻非常感激。第二天的时候，他们付了双倍的客房费，小伙计坚决不要。他说："我仅仅做了一件自己力所能及的事情，让你们这么大年纪的人在风雪中受冻，任何人都于心不忍的。"

临走时，老夫妻拍着小伙计的肩膀，语重心长地说："小伙子，只有像你这样的品质，这样经营旅店的人，才有资格做一家五星级酒店的总经理。"

"那样太好了，呵呵，"小伙计并没有在意，"起码总经理的收入可以更好地养活我的妈妈了。"他随口应和道，哈哈一笑。

没想到，两年后的一天，小伙计收到一封来自纽约的信件，

六、让苦难芬芳

信中夹有一张往返纽约的双程机票，并邀请他去拜访一对老夫妻，就是当年睡他床位的那两位老人。

小伙计来到大都市纽约，老夫妻把小伙计领到最繁华的街市，指着那儿的一幢摩天大楼说："这是一座专门为你兴建的五星级宾馆，现在我正式邀请你来当总经理。"

> 没有单纯、善良和真实，就没有伟大。
> ——托尔斯泰

> 在风度上和在各种事情上一样，唯一不衰老的东西，是心地。心地善良的人单纯朴实。
> ——巴尔扎克

累累的创伤,就是生命给你的最好的东西,因为在每个创伤上都标示着前进的一步。

——罗曼·罗兰

困难与折磨对于人来说,是一把打向坯料的锤,打掉的应是脆弱的铁屑,锻成的将是锋利的钢刀。

——契诃夫

七、故乡在我心
QI GUXIANG ZAI WOXIN

脚印 / 王鼎钧

故乡的桃园 / 李广田

悠远的钟声 / 张秉毅

雨前 / 何其芳

明月水中来 / 司马攻

海燕 / 郑振铎

怀念母亲的"羊杂碎" / 柴　栋

脚　印

【王鼎钧】

乡愁是美学，不是经济学。思乡不需要奖赏，也用不着和别人竞赛。我的乡愁是浪漫而略近颓废的，带着像感冒一样的温柔。

你该还记得那个传说："人死了，他的鬼魂要把生前留下的脚印一个一个都捡起来。为了做这件事，他的鬼魂要把生平经过的路再走一遍。车中、船中，桥上、路上，街头、巷尾，脚印永远不灭。纵然桥已坍了，船已沉了，路已翻修铺上柏油，河岸已变成水坝，一旦鬼魂重到，他的脚印自会一个一个浮上来。"

想想看，有朝一日，我们要在密密的树林里，在黄叶底下，拾起自己的脚印，如同当年拾捡坚果；花市灯如昼，长街万头攒动，我们去分开密密的人腿捡起脚印，一如当年拾起挤掉的鞋子。想想那个湖！有一天，我们得砸破镜面，撕裂天光云影，到水底去收拾脚印，一如当年采集鹅卵石。在那个供人歌舞跳跃的广场上，你的脚印并不完整，大半只有脚尖或只有脚跟。在你家门外、窗外、后院的墙外，你的灯影所及，你家梧桐的阴影所及，我的脚印是一层铺上一层，春夏秋冬千层万层，一旦全部涌出，恐怕高过你家的房顶。

有时候，我一想起这个传说就激动；有时候，我也一想起这个传说就怀疑。我固然不必担心我的一肩一背能负载多少脚印，一如无须追问一根尖针上能站多少天使，可是这个传说跟别的传说怎样调和呢？末日大限将到的时候，牛头马面不是拿着令牌和锁链在旁等候出窍的灵魂吗？以后是审判，是刑罚，他哪有时间去捡脚印？以后是喝孟婆汤，是投胎转世，他哪有能力去捡脚印？鬼魂怎能如此潇洒、如此淡泊、如此个人主义？好，古圣先贤创

七、故乡在我心

设神话，今圣后贤修正神话，我们只有拆开那个森严的故事结构，容纳新的传奇。

我想，拾脚印的情节恐怕很复杂，超出众所周知。像我，如果可能，我要连你的脚印一并收拾妥当。如果捡脚印只是一个人最末一次余兴，或有许多人自动放弃；如果事属必要，或将出现一种行业，一家代捡脚印的公司。至于我，我要捡回来的不只是脚印。那些歌，在我们唱歌的地方，四处有抛掷的音符，歌声冻在原处，等我去吹一口气，再响起来。那些泪，在我流过泪的地方，热泪化成铁浆，倒流入腔，凝成铁心钢肠，旧地重临，钢铁还原成浆还原成泪，老泪如陈年旧酿。人散落，泪散落，歌声散落，脚印散落，我仔细收拾，如同向夜光杯中仔细斟满葡萄美酒。

也许，重要的事情应该在生前办理，死后太无凭，太渺茫难期。也许捡脚印的故事只是提醒游子在垂暮之年作一次回顾式的旅行，镜花水月，回首都有真在。若把平生行程再走一遍，这旅程的终站，当然就是故乡。

人老了，能再年轻一次吗？似乎不能，所有的方士都试验过，失败了。但是我想有个秘方可以再试，就是这名为脚印的旅行。这种旅行和当年逆向，可以在程序上倒过来实施，所以年光也仿佛倒流。以我而论，我若站在江头、江尾想当年名士过江成鲫，我觉得我20岁。

我若坐在水穷处、云起时看虹，看上帝在秦岭为中国人立的约，看虹怎样照着皇宫的颜色给山化妆，我15岁。如果我赤足站在当初看蚂蚁打架、看鸡上树的地方让泥地由脚心到头顶感动我，我只有6岁。

当然，这只是感觉，并非事实。事实在海关人员的眼中，在护照上。事实是访旧半为鬼，笑问客从何处来。但是人有时追求感觉，忘记事实，感觉误我，衣带渐宽终不悔。我感觉我是一个字，被批判家删掉，被修辞家又放回去。我觉得紧身马甲扯成碎片，舒服，也冷。我觉得香肠切到最后一刀，希望是一盘好菜。我有脚印留下吗？我怎么觉得少年二十时腾云驾雾，从未脚踏实

127

地？古人说，读书要有被一棒打昏的感觉，我觉得"还乡"也是。40岁万籁无声，忽然满耳都是还乡、还乡、还乡——你记得吗？乡间老讲故事，说是两个旅行的人住在旅店里，认识了，闲谈中互相夸耀自己的家乡有高楼。一个说，我们家乡有座楼，楼顶上有个麻雀窝，窝里有几个麻雀蛋。有一天，不知怎么，窝破了，这些蛋在半空中孵化，幼雀破壳而出，还没等落到地上，新生的麻雀翅膀变硬了，可以飞了，所以那些麻雀一个也没摔死，都贴地飞，然后一飞冲天。你想那座楼有多高。愿你还记得这个故事。你已经遗忘了太多的东西，忘了故事，忘了歌，忘了许多人名地名。怎么可能呢？那些故事，那些歌，那些人名地名，应该与我们的灵魂同在，与我们的人格同在。你究竟是怎样使用你的记忆呢？

那旅客说：你想我家乡的楼有多高。另一个旅客笑一笑，不温不火：我们家乡也有一座高楼，有一次，有个小女孩从楼顶上掉下来了，到了地面上，她已长成一个老太太。我们这座楼比你们那一座，怎么样？

当年悠然神往，一心想奔过去看那样高的楼，千山万水不辞远。现在呢，我想高楼不在远方，它就是故乡。我一旦回到故乡，会恍然觉得当年从楼顶跳下来，落地变成了老翁。真快，真简单，真干净！种种成长的痛苦，萎缩的痛苦，种种期许，种种幻灭，生命中那些长跑、长考、长歌、长年煎熬、长夜痛哭，根本没有时间也没有机会发生，"昨日今日一瞬间"，时间不容庸人自扰。这不是大解脱、大轻松，这是大割、大舍、大离、大弃，也是大结束、大开始。我想躺在地上打个滚儿恐怕也不能够，空气会把我浮起来。

七、故乡在我心

故乡的桃园

【李广田】

　　故乡的桃李，是有着很好的景色的。计算时间，从三月花开时起，至八月拔园时止，差不多占去了半年日子。所谓拔园，就是把最后的桃子也都摘掉，最多也只剩着一种既不美观也少甘美的秋桃，这时候园里的篱笆也已除去，表示已不必再昼夜看守了。最好的时候大概还是春天吧，遍野红花，又恰好有绿柳相衬，早晚烟霞中，罩一片锦绣画图，一些用低矮土屋所组成的小村庄，这时候是恰如其分地显得好看了。到得夏天，有的桃实已届成熟，走在桃园路边，也许于茂密的秀长桃叶间，看见有刚刚点了一滴红唇的桃子，桃的香气，是无论走在什么地方都可以闻到的，尤其当早夜，或雨后。说起雨后，这使我想起布谷，这时候种谷的日子已过，是锄谷的时候了，布谷改声，鸣如"荒谷早锄"，我的故乡人却呼做"光光多锄"。这种鸟以午夜至清晨之间叫得最勤，再就是雨霁天晴的时候了。叫的时候又仿佛另有一个作吱吱鸣声的在远方呼应，说这是雌雄和唱，也许是真实的事情。这种鸟也好像并无一定的宿处，只常见它们往来于桃树柳树间，忽地飞起又且飞且鸣罢了。我永远不能忘记的，是这时候的雨后天气，天空也许还是半阴半晴，有片片灰云在头上移动，禾田上冒着轻轻水汽，桃树柳树上还带着如烟的湿雾，停了工作的农人又继续着，看守桃园的也不再躲在园屋里。这时候的每个桃园都建起了一座临时的小屋，有的用土作为墙壁而以树枝之类作为顶篷，有的则只用芦席做成。守园人则多半是老人或年轻的姑娘，他们看桃园，同时又做着种种事情，如绩麻或纺线之类。落雨的时候则躲在那座小屋内，雨晴之后则出来各处走走，到别家园里找人闲

话。孩子们呢，这时候都穿了最简单的衣服在泥道上跑来跑去，唱着歌子，和"光光多锄"互相答应，被问的自然是鸟，问答的言语是这样的：

光光多锄，
你在哪里？
我在山后。
你吃什么？
白菜炒肉。
给我点吃？
不够不够。

在大城市里，是不常听到这种鸟声的，但偶一听到，我就立刻被带到了故乡的桃园去，而且这极简单却又最能表现出孩子的快乐的歌唱，也同时很清脆地响在我的耳里，我听不到这种唱答已经有七八年之久了。

> 故乡是一曲童谣／和谣词里纯洁的心灵／灵魂长驻不朽／滋润我渴望的生命
>
> ——钱强华《故乡》

七、故乡在我心

悠远的钟声

【张秉毅】

三岔河小学是几个村合办的民办学校。

杨林九岁那年由父亲领着到小学的校长室报名入学。

小学校园的老柳树上挂着钟,每到上下课、食堂开饭或全体集合时,老师就提了个铁锤去打。

教室是黄泥土墙,门窗和里边顶上的梁椽上有花花绿绿的漆皮,还有图画,盖这所小学的木料是从附近山上的一座庙里拆下来的。

教室外有个用土坯垒起的乒乓球台,台面用校长弄来的水泥抹成。球台刚建成时,学校买了球网和两只球拍,一盒乒乓球。几个老师常打球,打完就把球网球拍连球全收走了,剩下了一个光秃秃的球台。不要紧,同学们照样可以玩得很好。没有球网,就在校园内找两块砖立在两边,将班里抬水的木棍架在上面。球拍是自己做的,染画得红红绿绿。乒乓球七分钱一颗,攒钱买,或者由几个人凑钱买,破了小缝就用胶布粘住,继续打。

每当下课钟响,大家就抢着往外跑,占台子,然后,由最先抢占台子的两个开打,别的依次序点球,一般是七个球一局。谁赢了可以连着打,叫"坐皇帝"。

除了乒乓球,杨林还有个爱好——看小人书。有时,老师在台上讲课,他在下边偷看。杨林自己共有五本小人书,他用它们不断和别的同学换,有时还和外班的同学换。

从小学一年级到五年级,他们的语文老师兼班主任一直是郭老师。郭老师是个大个子,粉笔字却写得很小。

郭老师曾上过大学,不知为什么没有毕业。他年轻时立志做

为自己喝彩

一个诗人，但至今仍在乡村教书。在三岔河学校，郭老师水平最高。班内一个后来成为诗人的学生，十年后给自己的启蒙恩师寄赠自己的第一本诗集时，曾在扉页上专为他写了一首诗，叫《致郭老师》，全诗如下：

> 您为我们编织了
> 多少条出村的路啊
> 自己却在讲台与课桌之间
> 默默地走着
> 岁月的风风雨雨
> 把那略带沙哑的声音带到遥远
> 而今才知道
> 我向前走了十年
> 并未走出你的视线……

杨林还爱替老师打钟。看见老师提个铁锤从办公室里出来，大家都纷纷跑回教室里去，杨林却跑过去，冲老师笑着伸出手："老师，我去打。"

杨林打的钟声很响，打的时间也长……

在钟声的余音中，杨林飞跑回教室里落座。

杨林在三岔河小学毕业，考上了三十里外的县里中学，直到那时他才明白，三岔河小学的那个钟，其实根本不是什么钟，而是挂在树上的一截废铁轨。

三岔河小学很小，五六个老师，七八十个学生，两排土房坐落在三岔河镇的东头，很不起眼。三岔河镇最惹眼的建筑是供销合作社，可三岔河小学那钟声（权且这么叫吧）却很响亮。

不论上课、下课、吃饭还是集合，那钟声，响彻全镇子，附近三五里的农民也能听见……

杨林二十三岁那年大学毕业，分配到远离故乡的大都市，在一家文学杂志社做编辑。三岔河小学那悠远的钟声，却常常响在他的耳畔……

七、故乡在我心

雨　前

【何其芳】

　　最后的鸽群带着低弱的笛声在微风里划一个圈子后，也消失了。也许是误认这灰暗的凄冷的天空为夜色的来袭，也许是预感到风雨的将至，遂过早地飞回它们温暖的木舍。

　　几天的阳光在柳条上撒下的一抹嫩绿，被尘土埋掩得有些憔悴色了，是需要一次洗涤。

　　还有干裂的大地和树根也早已期待着雨。雨却迟疑着。

　　我怀想着故乡的雷声和雨声。那隆隆的有力的搏击，从山谷返响到山谷，仿佛春之芽就从冻土里震动，惊醒，而怒茁出来。细草样轻柔的雨声又以温存之手抚摩它，使它簇生油绿的枝叶而开出红色的花。这些怀想如乡愁一样萦绕得使我忧郁了。我心里的气候也和这北方大陆一样缺少雨量，一滴温柔的泪在我枯涩的眼里，如迟疑在这阴沉的天空里的雨点，久不落下。

　　白色的鸭也似有一点烦躁了，在不洁的颜色的都市的河沟里传出它们焦急的叫声。有的还未厌倦那船一样的徐徐地划行。有的却倒插它们的长颈在水里，红色的蹼趾伸在尾后，不停地扑击着水以支持身体的平衡。不知是在寻找沟底的细微的食物，还是贪那深深的水里的寒冷。

　　有几个已上岸了。在柳树下来回地作绅士的散步，舒息划行的疲劳。然后参差地站着，用嘴细细地抚摸它们遍体白色的羽毛，间或又摇动身子或扑展着阔翅，使那缀在羽毛间的水珠坠落。一个已修饰完毕羽毛，弯曲它的颈到背上，长长的红嘴藏没在翅膀里，静静合上它白色的茸毛间的小黑睛，仿佛准备睡眠。可怜的小动物，你就是这样做你的梦吗？

我想起故乡放雏鸭的人了。一大群鹅黄色的雏鸭游牧在溪流间，清浅的水，两岸青青的草，一根长长的竹竿在牧人的手里。他的小队伍是多么欢欣地发出啁啾声，又多么驯服地随着他的竿头越过一个田野又一个山坡!夜来了，帐幕似的竹篷撑在地上，就是他的家。但这是怎样辽远的想象呵！在这多尘土的国土里，我仅只希望听见一点树叶上的雨声。一点雨声的幽凉滴到我憔悴的梦，也许会长成一树圆圆的绿荫来覆盖我自己。

我仰起头。天空低垂如灰色的雾幕，落下一些寒冷的碎屑到我脸上。一只远来的鹰隼仿佛带着愤怒，对这沉重的天色的愤怒，平张的双翅不动地从天空斜插下，几乎触到河沟对岸的土阜，而又鼓扑着双翅，做出猛烈的声响腾上了。那样巨大的翅使我惊异。我看见了它两肋间斑白的羽毛。

接着听见了它有力的鸣声，如同一个巨大的心的呼号，或是在黑暗里寻找伴侣的叫唤。

然而雨还是没有来。

故乡的歌是一支清远的笛 / 总在有月亮的晚上响起 /
故乡的面貌却是一种模糊的怅惘 / 仿佛雾里的挥手别离 /
离别后 / 乡愁是一棵没有年轮的树 / 永不老去

——席慕容《乡愁》

七、故乡在我心

明月水中来

【司马攻】

我有一把小茶壶，宜兴出品的朱砂小壶。壶底刻着"明月水中来"五个行书，署名孟臣，书法古朴，笔势灵劲锋利，似是用竹刀刻割而成的。壶把后面印有"昌记"的小印。

我不想去考证这小茶壶是什么时代的"孟臣"。孟臣姓惠，明朝天启时代的人，是一位制造小茶壶的名家，他已经死去好几百年了！但是现在新制出来的宜兴砂壶，还有印着"孟臣"二字的。孟臣壶在潮州是最普遍、也最为人赏识的小茶壶。

至于我这把小茶壶，无论是精品还是赝品，我对它很是珍惜。因为这小茶壶现在是属于我的，而数十年前是属于我祖父的。

小时在故乡，我每天都见到祖父用这把小茶壶，冲出比小壶更小的四杯浓浓的茶来，有客人到来，他同客人喝着，没有客人他就自己独自一个人喝。有时祖父也要我喝茶，我也照喝了。茶是浓浓苦苦的，我闭着眼睛一饮而尽，皱着眉头，张个苦脸跑开了。祖父摇摇头，笑着说："这孩子就是不会喝茶！"

祖父去世后，不久我离开了家乡，不知当时我是怎样想的，便将这把小茶壶带在身旁，跟着我徙转过很多地方。

在那段时间，我有时也曾经用这把小茶壶，冲几杯潮州功夫茶喝，不过这是很少有的事。这把小茶壶大部分时间都是寂寞地呆在小木箱里。

三十多年前我到泰国来，这把小茶壶又被我带着同来。这里喝潮州茶的人很多，就同故乡一样的普遍，我也开始喝起茶来。这把小茶壶它十多年的寂寞被解除了。

浓浓的茶从壶嘴流出，盈在洁白的小杯里，吸进了我的口中，

香滑滑的，没有半点儿苦涩的味道。这个"不会喝茶"的孩子现在也学会喝茶了。我一面喝茶，一面看着挂在壁上的祖父遗像，默默地这样想着。

　　自从我尚未结婚，就习惯喝潮州功夫茶。现在我的大儿子已经十多岁了，我的茶瘾似乎越来越大，我这把心爱的小茶壶也跟着越来越忙碌起来。有时我也要我的儿子喝喝茶，可是他只喝了小半杯，就把杯子放下，"哎呀！这样涩，这样苦！我不要啦！"做个鬼脸跑开。

　　我有一个感觉：这把小茶壶，算是传了三代的小茶壶，将来，又要寂寞了！当我死去之后，它可能会永远地寂寞下去。我的儿子是不会喝茶的！这小茶壶将来的"命运"如何？被打碎呢？还是被冷藏起来？唉！我倒后悔把它带到泰国来了。

　　有一天，那是一个假日，我出外访友回来，当我踏进客厅里时，我大大地吃了一惊，我那个十多岁的儿子，他坐在我经常坐在那儿喝茶的地方，用他那生硬的手法，拿着这把小茶壶，正在冲他的功夫茶喝。

　　他一见到我，笑了一笑，就走开去。我也什么话都没有说，只是笑了一笑。我这时心中的笑意比脸上的笑容还要强烈得多。

　　这把小茶壶将不会寂寞。它又将有新的主人了。它前时是我祖父的，现在是我的，将来是我的儿子的。

　　"明月水中来"这个明月，我看得分明，她是故乡的那轮明月。这明月我将留给我的儿子，以及他的儿子。

七、故乡在我心

海 燕

【郑振铎】

乌黑的一身羽毛，光滑漂亮，极伶极俐，加上一双剪刀似的尾巴，一对劲俊轻快的翅膀，凑成了那样可爱的活泼的一只小燕子。当春间二三月，轻风微微地吹拂着，如毛的细雨无因地由天上洒落着，千条万条的柔柳，齐舒了它们的黄绿的眼，红的白的黄的花，绿的草，绿的树叶，皆如赶赴市集者似的奔聚而来，形成了烂漫无比的春天时，那些小燕子，那么伶俐可爱的小燕子，便也由南方飞来，加入了这个隽妙无比的春景的图画中，为春光平添了许多的生趣。小燕子带了它的双剪似的尾，在微风细雨中，或在阳光满地时，斜飞于旷亮无比的天空之上，唧的一声，已由这里稻田上，飞到了那边的高柳之下了。再几只却隽逸地在波光粼粼的湖面横掠着，小燕子的剪尾或翼尖，偶沾了水面一下，那小圆晕便一圈一圈地荡漾了开去。那边还有飞倦了的几对，闲散地憩息于纤细的电线上——嫩蓝的春天，几支木杆，几痕细线连于杆与杆间，线上是停着几个粗而有致的小黑点，那便是燕子，是多么有趣的一幅图画呀！还有一家家的快乐家庭，他们还特为我们的小燕子备了一个两个小巢，放在厅梁的最高处，假如这家有了一个匾额，那匾后便是小燕子最好的安巢之所。第一年，小燕子来住了，第二年，我们的小燕子，就是去年的一对，它们还要来住。

"燕子归来寻旧垒。"

还是去年的主，还是去年的宾，他们宾主间是如何的融融泄泄呀！偶然的有几家，小燕子却不来光顾，那便很使主人忧戚，他们邀召不到那么隽逸的嘉宾，每以为自己命运的蹇劣呢。

为自己喝彩

WEI ZIJI HECAI

这便是我们故乡的小燕子,可爱的活泼的小燕子,曾使几多的孩子们欢呼着、注意着、沉醉着,曾使几多的农人们市民们忧戚着,或抒怀地指点着,且曾平添了几多的春色,几多的生趣于我们的春天的小燕子!

如今,离家是几千里!离国是几千里!托身于浮宅之上,奔驰于万顷海涛之间,不料却见着我们的小燕子。

这小燕子,便是我们故乡的那一对,两对么?便是我们今春在故乡所见的那一对,两对么?

见了它们,游子们能不引起了,至少是轻烟似的,一缕两缕的乡愁么?

海水是皎洁无比的蔚蓝色,海波是平稳得如春晨的西湖一样,偶有微风,只吹起了绝细绝细的千万个粼粼的小皱纹,这更使照栖于初夏之太阳光之下的、金光灿烂的水面显得温秀可喜。我没有见过那么美的海!天上也是皎洁无比的蔚蓝色,只有几片薄纱似的轻云,平贴于空中,就如一个女郎,穿了绝美的蓝色夏衣,而颈间却绕了一段绝细绝轻的白纱巾。我没有见过那么美的天空!我们倚在青色的船栏上,默默地望着这绝美的海天;我们一点杂念也没有,我们是被沉醉了,我们是被带入晶天中了。

就在这时,我们的小燕子,二只,三只,四只,在海上出现了。它们仍是隽逸地从容地在海面上斜掠着,如在小湖面上一样;海水被它的似剪的尾与翼尖一打,也仍是连漾了好几圈圆晕。小小的燕子,浩茫的大海,飞着飞着,不会觉得倦么?不会遇着暴风雨么?我们真替它们担心呢!

小燕子却从容地憩着了。它们展开了双翼,身子一落,落在海面上了,双翼如浮圈似的支持着体重,活是一只乌黑的小水禽,在随波上下地浮着,又安闲,又舒适。海是它们那么安好的家,我们真是想不到。

在故乡,我们还会想象得到我们的小燕子是这样的一个海上英雄么?

海水仍是平贴无波,许多绝小绝小的海鱼,为我们的船所惊

七、故乡在我心

动,群向远处蹿去;随了它们飞蹿着,水面起了一条条的长痕,正如我当孩子时之用瓦片打水漂在水面所划起的长痕。这小鱼是我们小燕子的粮食么?

小燕子在海面上斜掠着、浮憩着。它们果真是我们故乡的小燕子么?

啊,乡愁呀,如轻烟似的乡愁呀!

小时候／乡愁是一枚小小的邮票／我在这头／母亲在那头／长大后／乡愁是一张窄窄的船票／我在这头／新娘在那头／后来啊／乡愁是一方矮矮的坟墓／我在外头／母亲在里头／而现在／乡愁是一湾浅浅的海峡／我在这头／大陆在那头

——余光中《乡愁》

怀念母亲的"羊杂碎"

【柴 栋】

您喝过我们那里的羊杂碎吗？清洗、煮熟后的羊肠、羊肚、羊血，佐以葱、姜与红辣椒，经烹调熬出的羊杂碎，肥而不腻、香辣可口，是我们那的一大特产。亦吃亦喝、去饥驱寒，几碗下肚浑身发热、四肢舒坦，也是我们乡间难得的美味佳肴！

离开故乡半个世纪，我已是年逾花甲之人了，仍念念不忘家乡的羊杂碎，尤其难忘母亲做的"羊杂碎"。

儿时的家乡是塞外最贫瘠的一个小山村。我家一年四季填不饱肚子，能喝到一碗羊杂碎只能在梦中。我只有眼巴巴看别人家孩子端着碗喝羊杂碎的馋相，或偷偷地藏在人家的门窗外，贪婪地去吸那飘散出来的余香。为此没少遭母亲的责骂。母亲说，嘴馋的孩子没出息，也让人看不起，男子汉要把牙长在心上。可饥饿难挨的我经不起那香喷喷、热辣辣的诱惑，干瘪的肚子让馋虫搅得心痒难耐。每当听说村里谁家要杀羊，我总是光着脚丫，穿着露屁股裤子挤在人前，直看到人家收拾得一干二净，仍磨磨蹭蹭不肯回家。记得有次正躲在门外忘我地吸着那香喷喷的熬羊杂味儿，被母亲一把拉回家去，边打边拷问：叫你嘴馋，叫你不长记性，叫你没志气。直打得屁股红肿发亮，我用歇斯底里的哭喊倾诉渴望，发泄委屈。

有一次隔壁人家杀羊后给我家送来一碗羊杂碎，我未等人家走出家门，不顾一切夺过碗，急风暴雨般地狼吞虎咽起来。也许我馋（惨）不忍睹的样子，刺痛了母爱，无知的举动打碎了穷人仅有的那点尊严，母亲苦笑着送走邻居，转身便泪珠簌簌流个不止。我这才觉得我的不省事，给困境中的母亲的伤口上撒了一把

七、故乡在我心

盐,含在嘴里的羊杂碎再也咽不下去了,转身抱着母亲放声大哭起来。

从那以后,我把奢望深深地埋在心底。

一天,我背着母亲做的新书包放学回家,看见母亲怀里抱着一只被狼叼去尾巴的小羊羔,听说是被我远房大伯遗弃街头,母亲讨回家的。它浑身颤抖不吃不喝奄奄一息,看到的人都说不会活多久的。可在母亲嘴对嘴的精心喂养下,小羊在我家的土炕上奇迹般地站了起来。

母亲高兴地说,等到过大年杀了,咱也能喝自家的羊杂碎了。我听了心里甭提有多高兴了,一放学便去拔羊草,一有空隙便牵着它去散步,伴着它一天天的长大。当我和它昂首挺胸穿过村子时,说不出的自豪,小羊羔的身上寄托着我的梦。

年前,父亲去借杀羊刀,要债的人已站满了院子,我的脑袋被搅得乱七八糟。我无力挽救小羊羔的生命,更不忍面对父亲的无奈选择,母亲的悲伤眼泪。我躲在屋子里,看着父亲僵硬的脸上挂着微笑,把割开的羊肉一块块递到别人手里,我的心里有说不出的酸楚。羊肉难以抵消完借债,父亲只好把羊肠、羊肚,连同头蹄心肝肺都让拿去了。

母亲一个劲儿地安慰我,这是我家唯有的一点经济,为了开春全家不饿肚子……我把泪水都咽到肚子里,笑着说,妈,我懂!贫穷啊——

这个恶魔。等最后那位债主挑着羊皮走了后,静静的院子里只留下那半盆羊血。母亲小心翼翼地挑出那些混杂在里面的羊毛,煮熟羊血后,添了一堆山药、白菜,大大地熬了一锅,先东家后西家还完情债。母亲说,喝吧,这可是咱自家的羊杂碎,别嫌弃。为了让父母高兴,为了驱散罩在我家的那些愁云凄雾,我一连喝了三大碗,直喝得肚子滚瓜溜圆,只好在炕上打滚儿,吓得父母手足无措不住叹息。夜里母亲抱着我说,妈做的哪能叫上羊杂碎,看把你喝的!我说,妈,您做的最香,是天底下最好的羊杂碎。母亲抚摸着我的头,满意地笑了。

母亲的"羊杂碎"有着浓浓的亲情,藏着巨大的动力,去我饥、暖我心、壮我志,伴随我走过艰难困苦的岁月。

每当我食欲不振时,母亲总要给我做那没有羊肚、羊肠,连羊血都没有的羊杂碎。母亲不知从哪里弄来一小块羊油,拿着它在烧热的铁锅里轻轻转几圈,"嚓啦——"羊油的香味顿时蹿起直钻入鼻腔,接着把葱丁、山药条、白菜丝倒入锅内,加水熬煮,有时放入少许粉条儿,没有就放少许豆腐,端锅时热麻油把辣椒一炝锅里一浇,只听"咻——"一声,满屋子香喷喷、辣丝丝。上面漂浮着一层油花儿,母亲常对我说,一个油花儿"机灵"三天,我知道为的是诱惑我多喝一些,每次我都喝得津津有味,汗流浃背。

如果我有个头疼脑热小感冒,不用说,母亲一定会给我做她的"羊杂碎"的。只是少了什么也一定少不了葱、姜、蒜、胡椒粉,再倒上很多油炝过的红辣椒面,直把我辣得大汗淋漓,头清眼亮,身体也爽快了许多。母亲的"羊杂碎"还是我医病的小偏方呢。

60年代,我离家到县城一所重点中学读书。每当星期日,总要路过县城十字街的一个老字号羊杂碎店铺,闻到那诱人的香味,不由得嗅嗅鼻子,可摸摸口袋里仅有的几个省下来的伙食钱,想想还有急需购买的几本书等着我去读,慌忙把迈出的脚抽回来。待到假日,我会急匆匆往家里奔,母亲一定为我准备了接风洗尘的"羊杂碎"。

以后我在外地找到一份满意的工作,尽管衣食无忧,日子过得一天比一天滋润,但仍忘不了家乡的羊杂碎,更怀念母亲亲手做的"羊杂碎"……

八、地球村的居民

BA DIQIUCUN DE JUMIN

大象、小象和人 / 梁晓声

三斤水 / 江南雨

藏羚羊跪拜 / 王宗仁

母爱 / 毕淑敏

爱 / 杰西·斯图尔特

金翅雀 / 米·托尔加

芦鸡 / 任大霖

恻隐之心 / 李云伟

一棵大树 / 谢尔·西弗斯汀

动物也要过马路 / 梦亦非

一只蜜蜂 / 克伦·沃森

大象、小象和人

【梁晓声】

阴霾的天空压迫着整个非洲大草原，连绵的秋雨使它处处形成着沼泽。而河水已经泛滥，像镀银的章鱼朝四面八方伸出曲长的手臂。狮子们蜷卧在树丛，仿佛都被淋得无精打采一筹莫展的样子，眼神里呈现着少有的迷惘……

象群缓缓地走过来了，大约二十几头。它们的首领，自然是一头母象，躯体巨大而且气质雍容，似乎有能力摆平发生在非洲大草原上的一切大事。

的确有件事发生了。一头小象追随着这一象群，企图加入它们的集体。那小象看上去还不到一岁，严格地说是一头幼象。那象群中也是有小象的，被大象们前后左右地保护在集体的中央。它们安全得近于无聊，总想离开象群的中央，钻出大象们的保护圈。尽管大草原上一片静谧，大象们却还是显得对小象们的安全很不放心。那一头颠颠的疲惫不堪的小象，脚步蹒跚而又执拗地追随着它们，巴望着寻找一个机会钻入大象们的保护圈，混入到小象中去。是的，它看上去实在太小了。

这么小的一头小象孤单存在的情况是极少见的。在象群里，母亲从来不会离开自己这么小的孩子。除非它死了。而如果一位母亲死了，它的孩子也一定会受到它那一象群的呵护。

每当它太接近那一象群，它就会受到驱赶。那些大象们显然不欢迎它，冷漠地排斥它的加入。

不知那小象已经追随了它们多久。从它疲惫的样子看，分明已经追随了很久很久。也分明的，它已经很饿了。

天在黑下来。小象愈加巴望获得一份安全感。它似乎本能地

八、地球村的居民

觉出了黑暗所必将潜伏着种种不测。那一象群中央的小象们的肚子圆鼓鼓的。它们看上去吃得太饱了，有必要行走以助消化。而那一头小象的肚子却瘪瘪的，不难看出它正忍受着饥饿的滋味。而它的小眼睛里，流露着对黑暗和孤独的恐惧……

它的追随也许还使那一象群感到了被纠缠的嫌恶。大象们一次次用鼻子挑开它，或用脚蹬开它。疲惫而又饥饿的那一头小象，已经站不太稳了。大象们的鼻子只轻轻一挑，它就横着倒下了；大象的脚只轻轻一蹬，它也就横着倒下了，而且半天没力气爬起来。它望着它们，发呆片刻，继而又追随奔去。

以上是电视里《神秘的地球》的片断。

斯时我正在一位朋友家里。我的朋友两年前亡于车祸。那一天是他的忌日，我到他家里去看望他的妻子和他的儿子，问问生活上有没有什么困难。

我和那做母亲的正低声聊着，她忽然不说话了，朝我摆她的下巴。我明白她的意思，于是扭头看她的儿子。她的儿子背对着我们，全神贯注地在看电视。

那一刻他们的家里静极了。

于是我们两个大人也看到了关于象群的以上纪实片断。

那男孩说："小象真可怜。"

他是在自言自语，没有觉察到我们两个大人的目光正默默地注视着他。

我和他的母亲对望一眼，谁都没有说什么。

我们两个大人也觉察到那小象确实可怜。

刚刚跟头把式地追上那一象群的小象，又遭到同样的驱赶后，又一次横着倒下了……

那又一次横着倒下在泥泞中的小象，伸长着它的鼻子和腿，一动也不动了……

男孩自言自语："可怜的小象死了。"

我听到他抽了一下他自己的鼻子。而我则向他母亲指指自己的眼睛，他母亲微微点了一下头。

于是我知道那男孩是在流着眼泪了。

然而那小象并没有死,他终于还是挣扎着站了起来。

象群已经走得很远很远,远得它再也不可能追上了。小象六神无主地呆望了一会儿,沮丧地调转头,茫然而又盲目地往回走。它那沮丧的样子,真是一种沮丧极了沮丧极了的样子啊。

有几只土狼开始进攻它。它却颠颠地只管往前走,一副完全听凭命运摆布的样子。一只土狼从后面扑抱住了它,咬它。而它仍毫无应对地往前走,头一点一点的,像某些七老八十的老头那一种走法。象皮的厚度,使它没有顷刻便成为土狼们的晚餐……

小象走,那一只扑抱住它不放的土狼也用两条后腿跟着走,不罢不休地仍张口咬它。另几只土狼,围着小象前窜后窜。

小象和土狼们,就那么趟过了一片水。

我听到男孩又抽了一下鼻子。

我和他母亲,竟不忍再看下去了……

忽然,那小象扬起鼻子悲鸣了一声。

忽然,远处的象群站住了。

母象的耳朵挺了起来。

又一声悲鸣……

母象如同听到了什么比它更权威的号令似的,一调头就循声奔回来。而那象群,几秒钟的迟疑之后,跟随着母象奔回来……它们寻找到那一头小象……

土狼们四散而逃……

大象们用它们的鼻子抚慰着那一头小象,满怀怜爱心肠地收容了一个流浪儿,于是孩子们也表达自己的一份善良……

男孩一动不动地说了一个字是:"妈……"

声音很小。

于是他母亲移身过去,坐在他身后,将他搂在怀里,用纸巾替他擦泪。

被象群收容了的小象,不慎滑入了一片沼泽。大象们开始营救它。它们纷纷朝它伸出长鼻子,然而它已经疲惫得不能用自己

八、地球村的居民

的鼻子勾住大象们的鼻子。它绝望地放弃了努力，自甘地渐渐下沉着。大象们却不放弃它们的努力。它们试图用自己的长鼻子卷住小象的身体将它拖上来，无奈它们的鼻子没有那么长。险情接着发生了——由于它们是庞然大物，沼泽岸边的土一大块一大块地被它们踩塌。塌土埋在小象身上，小象的处境更危难了。这时，有几头小象走向了沼泽。一头，两头，三头，几头大象用自己的身体组成了一道防线，挡住小象不至于再向沼泽的深处沉陷下去。同时，它们将它们的长鼻子插入泥泞，从下边齐心协力地托起小象的身体。它们当然不知人类的摄影机在偷拍它们。它们只不过本能地觉得，既然它们收容了那一头小象，就应该像对自己的孩子一样对它尽一份责任，哪怕为此而牺牲自己。除了这么解释，还能有什么别的解释呢？

那一头是首领的母象，此刻迅速做出了超常之举——那庞然大物将自己的两条前腿踏入沼泽，而它的两条后腿，缓缓地跪下了。对于一头没受过训练的野象，那无疑是很难为它的一种姿势……

它以那样一种姿势救起了小象。

大象们开始纷纷用鼻子吸了水替小象洗去身上的泥浆。身体干净了的小象，惊魂甫定，显得呆头呆脑的。大象和别的小象们，就纷纷用鼻子对它进行又一番的抚慰。看去那情形给人那样一种深刻的印象，如果它们也有手臂的话，它们都会紧紧地搂抱它似的……

男孩此刻悄悄地说："大象真好！"

这话，听来已经不是自言自语了，而是在对他母亲讲他的感想了。

是母亲的女人也悄悄地说："是啊，大象真好。大象是值得人类尊敬的动物。"

母子二人仿佛都忘记了我这个客人的存在。

不料男孩又说："可是人不好。人坏。"

男孩的语调中，有几分恨恨的意思。

房间里静极了,因为男孩的话。

良久,母亲低声问:"儿子,你怎么那么说?"

男孩回答:"我爸爸出车祸的时候,都没有一辆车肯送他去医院,怕爸爸出的血弄脏了他们的车座!"

又良久,母亲娓娓地说:"儿子啊!你的想法是不对的。确实,大象啊,天鹅啊,雁啊,总之某些动物和禽类,在许多情况下表现得使我们人类感到羞愧。但是我们的地球上,人类是最可敬的,尽管人类做了不少危害自己也危害地球的坏事,比如战争,比如浪费资源,环境污染,可是人类毕竟是懂得反省的啊!古代人做错了,现代人替他们反省;上代人做错了,下代人替他们反省;这些人做错了,那些人替他们反省;自己始终不愿反省的人,就有善于反省的人教育他们反省。靠了反省的能力,人类绝不会越变越坏,一定会越变越好的。儿子啊,你要相信妈妈的话啊,因为妈妈的话基本上是事实……"

我没有料到那是母亲的女人,会用那么一大段话回答她的儿子。

因为两年来,一想到她丈夫的不幸,她仍对当时袖手旁观见死不救的那些人耿耿于怀。

刹那间我的眼眶湿了。

我联想到这样的一句话——民族和民族的较量,也往往是母亲和母亲们的较量。

我顿觉一种温暖的欣慰,替非洲大草原上那一头小象,替我雁难的朋友,替我们这个民族……

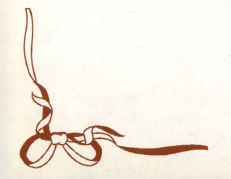

BA DIQIUCUN DE JUMIN

八、地球村的居民

三 斤 水

【江南雨】

　　这是一个真实的故事。故事发生在西部的青海省,一个极度缺水的沙漠地区。这里,每人每天的用水量严格地限定为三斤,这还得靠驻军从很远的地方运来。日常的饮用、洗漱、洗菜、洗衣,包括喂牲口,全都依赖这三斤珍贵的水。

　　人缺水不行,牲畜也一样,渴呀!一天,一头一直被人们认为憨厚、忠实的老牛渴极了,挣脱了缰绳,强行闯入沙漠里唯一的也是运水车必经的公路。终于,运水的军车来了,老牛以不可思议的识别力,迅速地冲上公路,军车一个急刹车戛然而止。老牛沉默地立在车前,任凭驾驶员呵斥驱赶,不肯挪动半步。五分钟过去了,双方依然僵持着。运水的战士以前也碰到过牲口拦路索水的情形,但它们都不像这头牛这样倔强。人和牛就这样耗着,最后造成了堵车,后面的司机开始骂骂咧咧,性急的甚至试图点火驱赶,可老牛不为所动。

　　后来,牛的主人寻来了,恼羞成怒的主人扬起长鞭狠狠地抽打在瘦骨嶙峋的牛背上,牛被打得皮开肉绽,哀哀叫唤,但还是不肯让开。鲜血沁了出来,染红了鞭子,老牛的凄厉哞叫,和着沙漠中阴冷的酷风,显得分外的悲壮。一旁的运水战士哭了,骂骂咧咧的司机也哭了。最后,运水的战士说:"就让我违反一次规定吧,我愿意接受一次处分。"他从水车上取出半盆水——正好三斤,放在牛面前。

　　出人意料的是,老牛没有喝以死抗争得来的水,而是对着夕阳,仰天长哞,似乎在呼唤什么。不远的沙堆背后跑来一头小牛,受伤的老牛慈爱地看着小牛贪婪地喝完水,伸出舌头舔舔小牛的

149

为自己喝彩

眼睛，小牛也舔舔老牛的眼睛。静默中，人们看到了母子眼中的泪水。没等主人吆喝，在一片寂静无语中，它们掉转头，慢慢往回走。

20世纪末的一个晚上，当我从电视里看到这让人揪心的一幕时，我想起了幼时家里的贫穷困窘，想起了我至今在乡下劳作的苦难的母亲，我和电视机前的许多观众一样，流下了滚滚热泪。

我赞同动物均有其权利，如同人类均有人权一样。这才是扩充仁心之道。

——林 肯

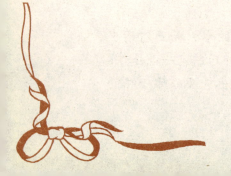

八、地球村的居民

藏羚羊跪拜

【王宗仁】

这是听来的一个西藏故事。发生故事的年代距今有好些年了。可是，我每次乘车穿过藏北无人区时总会不由自主地要想起这个故事的主人公——那只将母爱浓缩于深深一跪的藏羚羊。

那时候，枪杀、乱逮野生动物是不受法律惩罚的。就是在今天，可可西里的枪声仍然带着罪恶的余音低回在自然保护区巡视卫士们的脚印难以到达的角落。当年举目可见的藏羚羊、野马、野驴、雪鸡、黄羊等，眼下已经成为凤毛麟角了。

当时，经常跑藏北的人总能看见一个肩披长发，留着浓密的大胡子，脚蹬长统藏靴的老猎人在青藏公路附近活动。那支磨蹭得油光闪亮的权子枪斜挂在他身上，身后的两头藏牦牛驮着沉甸甸的各种猎物。他无名无姓，云游四方，朝别藏北雪，夜宿江河源，饿时大火煮黄羊肉，渴时一碗冰雪水。猎获的那些皮张自然会卖来一笔钱，他除了自己消费一部分外，更多地用来救济路遇的朝圣者。那些磕头去拉萨朝觐（jìn）的藏家人心甘情愿地走一条布满艰难和险情的漫漫长路。每次老猎人在救济他们时总是含泪祝愿：上苍保佑，平安无事。

杀生和慈善在老猎人身上共存。促使他放下手中的权子枪是在发生了这样一件事以后——应该说那天是他很有福气的日子。大清早，他从帐篷里出来，伸伸懒腰，正准备要喝一铜碗酥油茶时，突然瞅见两步之遥对面的草坡上站立着一只肥肥壮壮的藏羚羊。他眼睛一亮，送上门来的美事！沉睡了一夜的他浑身立即涌上来一股清爽的劲头，丝毫没有犹豫，就转身回到帐篷拿来了权子枪。他举枪瞄了起来，奇怪的是，那只肥壮的藏羚羊并没有逃走，

为自己喝彩

只是用企求的眼神望着他,然后冲着他前行两步,两条前腿扑通一声跪了下来。与此同时只见两行长泪从它眼里流了出来。老猎人的心头一软,扣扳机的手不由得松了一下。藏区流行着一句老幼皆知的俗语:"天上飞的鸟,地上跑的鼠,都是通人性的。"此时藏羚羊给他下跪自然是求他饶命了。他是个猎手,不被藏羚羊的祈求打动是情理之中的事。他双眼一闭,扳机在手指下一动,枪声响起,那只藏羚羊便栽倒在地。它倒地后仍是跪卧的姿势,眼里的两行泪迹也清晰地留着。

那天,老猎人没有像往日那样当即将猎获的藏羚羊开宰、扒皮。他的眼前老是浮现着给他跪拜的那只藏羚羊。他觉得有些蹊跷,藏羚羊为什么要下跪?这是他几十年狩猎生涯中唯一见到的一次情景。夜里躺在地铺上他也久久难以入眠,双手一直颤抖着……

次日,老猎人怀着忐忑不安的心情对那只藏羚羊开膛扒皮,他的手仍在颤抖。腹腔在刀刃下打开了,他吃惊得叫出了声,手中的屠刀咣当一声掉在地上……原来在藏羚羊的子宫里,静静卧着一只小藏羚羊,它已经成型,自然是死了。这时候,老猎人才明白为什么那只藏羚羊的身体肥肥壮壮,也才明白它为什么要弯下笨重的身子为自己下跪:它是在求猎人留下自己孩子的一条命呀!

天下所有慈母的跪拜,包括动物在内,都是神圣的。

老猎人的开膛破腹半途而停。

当天,他没有出猎,在山坡上挖了个坑,将那只藏羚羊连同它那没有出世的孩子掩埋了。同时埋掉的还有他的杈子枪……

从此,这个老猎人在藏北草原上消失。没人知道他的下落。

八、地球村的居民

母　爱

【毕淑敏】

"仅次于人的聪明的动物，是狼，北方的狼。南方的狼是什么样，我不知道。不知道的事不瞎说，我只知道北方的狼。"

一位老猎人，在大兴安岭蜂蜜般黏稠的篝火旁，对我说。猎人是个渐趋消亡的职业，他不再打猎，成了护林员。

我说："不对，是大猩猩。大猩猩有表情，会使用简单的工具，甚至能在互联网上用特殊的语言与人交流。"

"我没见过大猩猩，也不知道互联网是什么东西。我只见过狼。沙漠和森林交界地方的狼，最聪明。那是我年轻的时候啦……"老猎人舒展胸膛，好像恢复了当年的神勇。

"狼带着小狼过河，怎么办呢？要是只有一只小狼，它会把它叼在嘴里。若有好几只，它不放心一只只带过去，怕它在河里游的时候，留在岸边的子女会出什么事。于是狼就咬死一只动物，把那动物的胃吹足了气，再用牙齿牢牢咬住顶端，让它胀鼓鼓的好似一只皮筏。它把所有的小狼背负在身上，借着那救生圈的浮力，全家过河。

"有一次，我追捕一只带有两只小崽的母狼。它跑得不快，因为小狼脚力不健。我和狼的距离渐渐缩短，狼妈妈转头向一座巨大的沙丘爬去。我很吃惊。通常狼在危急时，会在草木茂盛处兜圈子，借复杂地形伺机脱逃。如果爬上沙坡，狼虽然爬得快，好像比人占便宜，但人一旦爬上坡顶，就一览无余，狼就再也跑不掉了。

"这是一只奇怪的狼，也许它昏了头。我这样想着，一步一滑爬上了高高的沙丘。果然看得很清楚，狼在飞快逃向远方。我下

坡去追，突然发现小狼不见了。当时顾不得多想，拼命追下去。那是我平生见过的跑得最快的一只狼，不知它从哪儿来的那么大的力气，像贴着地皮的一支黑箭。追到太阳下山，才将它击毙，累得我几乎吐了血。

"我把狼皮剥下来，挑在枪尖上往回走。一边走一边想，真是一只不可思议的狼，它为什么如此犯忌呢？那两只小狼到哪里去了呢？已经快走回家了，我决定再回到那个沙丘看看。快半夜的时候，天气冷极了，惨白的月光下，沙丘好似一座银子筑成的坟，毫无动静。我想真是多此一举，那不过是一只傻狼罢了。正打算走，突然看到一个隐蔽的凹陷处，像白色的烛光一样，悠悠地升起两道青烟。

"我跑过去，看到一大堆干骆驼粪。白气正从其中冒出来。我轻轻扒开，看到白天失踪了的两只小狼，正在温暖的骆驼粪下均匀地喘着气，做着离开妈妈后的第一个好梦。地上有狼尾巴轻轻扫过的痕迹，这只母狼活儿干得很巧妙，在白天居然瞒过了我这个老猎人的眼睛。

"那只母狼，为了保护它的幼崽，先是用爬坡延迟了我的速度，赢得了掩藏儿女的时间。又从容地用自己的尾巴抹平痕迹，并用全力向相反的方向奔跑，以一死换回孩子的生存。

"熟睡的狼崽鼻子喷出的热气，在夜空中凝成弯曲的白线，渐渐升高……"

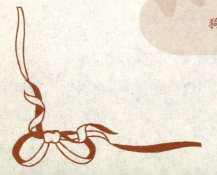

狗是唯一爱你甚过于你爱自己的生物。

——温 鲁

八、地球村的居民

爱

【杰西·斯图尔特】

昨天,当灿烂的阳光照在干枯的玉米地上的时候,父亲和我沿着一块新开垦的土地转了一圈。我们打算为这块新土地建一个篱笆。因为一些母牛常常穿过悬崖上的橡树林,跑来啃吃玉米苗,践踏玉米。

父亲走在田埂上,我们的狗鲍勃,走在父亲的前面。我们听见开垦地边缘枯死的树丛中有一只田鼠在叫。"喝!捉住它,鲍勃。"父亲说。他捡起了一根细小的玉米秆,这棵玉米秆的根须早已干枯了,那是田鼠为了吃玉米根部残留的脆甜的玉米种掘掉的。春天一直很早,但凡是发了芽的玉米,长势都很喜人。田鼠喜欢这种玉米。它们把成排的玉米苗连根掘起,然后吃那根部的玉米种。幼小的玉米秆就这样枯死了,我们不得不重新补种新苗。

我能看见父亲指使鲍勃追赶那只田鼠。它跳到一排玉米秆上开始追逐。我也开始往鲍勃跳跃咆哮着的开垦地跑,一阵阵尘土在我们身后卷起。

"一条大雄黑蛇,"父亲说,"杀死它,鲍勃!杀死它,鲍勃!"

鲍勃对着这条蛇跳跃、猛扑,警戒着以免伤着自己。鲍勃今年春天已经杀死了28条铜斑蛇。他会杀蛇。此刻他没有仓促行事。他在慢慢消磨时间,认真做这项工作。

"我们不要杀它,"我说,"黑蛇无害,它吃毒蛇,吃铜斑蛇,还能捉田鼠,比狗捉得还多。"

我看到这条蛇不想与狗搏斗,它想逃跑。但鲍勃不让。我不知道它为什么爬向山坡那个肥沃的土堆,不知道它是不是来自悬崖上那片嫩橡树丛,是否在绿蔷薇中盘结过。我看到鲍勃每前冲

一次，它那美丽的头就昂起一次。"这不是雄黑蛇，"我说，"是条母黑蛇。她喉部的白斑就是标志。"

"蛇是我的敌人，"父亲厉声说道，"我恨蛇。杀死它，鲍勃。前进，抓住它，不要玩了！"

鲍勃听从父亲的指挥。我不喜欢看见鲍勃踩着蛇的脖子。这条母蛇在阳光下显得很美、很文静。鲍勃踩着她喉部的白斑，开始撕裂她的肚子。蛇的肚子很长，像牛鞭在风中蠕动着。鲍勃喜欢顶着风撕蛇。鲜血从蛇那曲线优美的喉部"呼"地一下喷射出来。不知是什么碰着了我的腿，好像是石头。鲍勃已把蛇的肚子撕开了。我看见了碰着我的腿的东西。那是蛇蛋，是鲍勃从母蛇的肚子里甩出来的。原来蛇打算去那个沙滩上孵小蛇，因为那里比较温暖，有利于孵化。

"蛇蛋，你看到了吗？"父亲说。我数了一下，一共37个。我拣了一个放在手里。仅仅在一分钟前这只蛇蛋还在母蛇的肚子里。这是一只未成熟的蛇蛋，不能孵化。太阳妈妈不能把它在温暖的土地上孵出。我手里的这只蛇蛋像鹌鹑蛋一样大小，蛋壳又薄又硬，表层下面似乎是水汪汪的蛋心。

"嗨，鲍勃，我想你现在会看到这条蛇不再与你搏斗的原因了吧。"我说，"这是生物之道。即使在人类中也是弱肉强食。狗杀蛇，蛇杀鸟，鸟杀蝴蝶。人征服一切。人也为了娱乐杀死一切。"

我们回家时，鲍勃仍然走在前头。他累了，气喘吁吁，舌头伸出很长，几乎挨着地，口里的白沫不停地往下滴。他穿着毛茸茸的皮外套怎能不热呢。回家的路上，父亲和我都没说话。我仍然想着那条死蛇。太阳正在落山。一只云雀唱着歌。火红的晚霞在山顶的松树上空浮动着。父亲站在路边，他的黑发在晚风中轻轻飘动。他的脸膛被晚霞映得红扑扑的。他的双眼注视着落日。"父亲恨蛇。"我想道。

我想到了产妇的痛苦，想到了她们为拯救自己的孩子而进行的斗争，我还想到了那条蛇。我觉得自己满脑子想着这些东西显得很愚蠢。

八、地球村的居民

今天早晨，父亲和我，鸡一叫就起床了。父亲说，人们必须黎明即起，开始干活。我们带着掘地镐、斧子、锄草锄、鹤嘴锄和测量杆，向开垦地走去。今天鲍勃没跟我们来。

玉米叶上闪着露珠。父亲肩上扛着掘地镐走在后面，我走在前面。晨风轻轻地吹着。

前边就是昨天下午我们曾经走过的那条田埂，今天我没有往那边去，但我抬头望了望。我看到一个东西，它在移动，仿佛是一根又粗又长的黑绳子在绞车周围发出"吱吱"的声响。"小心，"我对父亲说，"有一条雄黑蛇。"父亲往我这边跨了一步站住了，双眼圆睁。

"怎么回事？"

"现在您已经看到了雄黑蛇了吧？"我说，"请您仔细瞧瞧吧！他正躺在自己死了的情侣身边。他来找她。也许昨天他就嗅到了她的下落。"

当我们围绕着死蛇转动时，这条雄黑蛇昂着头跟着我们，他要与我们决一死战。他要与鲍勃决一死战。"拿个木杆，"父亲说，"把他扔到山后，免得鲍勃发现了他。你见过比这更令人吃惊的情景吗？我曾听说过他们这样相爱，但亲眼看到还是第一次。"我拿起一根木杆，把它扔到山后悬崖那闪着露珠的嫩枝里。

金翅雀

【米·托尔加】

一家三口人正在不声不响地吃饭，孩子突然开口说：

"我找到了一个鸟窝！"

母亲抬起头，瞪大了黑黑的眼睛。父亲像往常一样心不在焉，连听也没有听到。也许是为了回答母亲询问的目光，也许是为了引起父亲的注意，孩子又重复了一句：

"我找到了一个鸟窝！"

父亲总算抬起沉重的眼皮，开始聚精会神地听儿子说话了。孩子高兴了，指手画脚地讲起来。他说，今天下午在赶着羊回家的路上，看见一只金翅雀从一棵大白松树树冠里飞出来。他看呀，看呀，在浓密的树枝里搜寻，终于在高处一根树杈上发现有一团黑黑的东西。

母亲把儿子的话句句吸入心田，还用整个灵魂吻着可爱的宝贝。父亲则又开始吃饭了。

孩子没有在意，接着讲下去。他说，他把羊拴在一棵树上，开始往松树上爬。

父亲又抬起疲倦的眼皮，和母亲一样提心吊胆地听着，几乎屏住了呼吸。

孩子一直往上爬，巨大的松树又粗又高，他那纤细的身子紧紧贴在树皮上，慢慢往上挪动，每一步都要分两次进行。先用胳膊抱住，接着两条腿尽量往上蜷，最后才停下来，四肢牢牢抓住坚硬的树皮。

用了很长时间才爬上去，中间不得不在结实的树杈上休息三次。现在只能靠手，因为前面都是脆弱的新枝了。

八、地球村的居民

父亲和母亲都惊呆了,谁也没有吱声。就这样,两个人战战兢兢、一声不响地让儿子爬到树上、爬上树冠,用两只天真的眼睛看到鸟蛋——窝里仅有一个鸟蛋。

听到这里,父母的心脏都停止了跳动,完全忘记了儿子现在在什么地方,似乎还在高高的树巅,紧挨着天际,完全忘记了他现在已脚踏在地上,无须两只胳膊小心翼翼地攀附树枝。突然,两个人看见孩子身子一斜,从高处、从松树顶上栽下来,掉在硬邦邦的地上,看来是必死无疑了。

但是,孩子无意中表明,他站在树巅,完全不曾意识到飘在空中、面临深渊的可怕,并且也没有掉下来。倒是发生了另外一件事。他拿起鸟蛋以后非常高兴,情不自禁地吻了它一下。蛋壳得到了孩子嘴唇上的这点热气,突然从中间裂开了,里面露出一个还没有长羽毛的金翅雀。

说这件怪事的时候,孩子的表情天真无邪,如同复述从邻居那里听来的《出埃及记》的故事一样。

随后,他满怀怜爱地把小鸟放到毛茸茸的鸟巢里,从树上下来了。现在,他心境坦然,非常高兴——发现了一个鸟窝!

晚饭吃完了,屋里气氛严肃,谁也没有开口。后来,一家人回到暖烘烘的壁炉旁边,看着里边燃烧的橄榄木时,父亲和母亲才交谈了几句。他们的话说得晦涩难懂,孩子没有猜透。何必要知道他们说了些什么呢?他只想把那只没有长出羽毛的小鸟的形象深深保存在记忆之中。

芦　鸡

【任大霖】

有一年春末，梅花溇（流过我们村子的河）涨大水，从上游漂下来一窠小芦鸡，一共三只。

长发看见了它们，跑来叫我们一起去捉，我们在岸上追着它们，用长晾竿捞，用石块赶，一直跟到周家桥边，幸亏金奎叔划着船在那里捉鱼，才围住了小芦鸡，用网把它们裹了上来。分配的结果，我一只，长发一只，灿金和王康合一只。

那小芦鸡的样子就跟普通的小鸡差不多，只是浑身是黑的，连嘴和脚爪也是黑的，而腿特别长，所以跑起来特别快。为了防它逃跑，我用细绳缚住它的脚，把它吊在椅子脚上，喂米给它吃。小芦鸡吃得很少，却时时刻刻想逃走，它总是向外面跑，可是绳子拉住了它的脚，它就绕着椅子脚转，跑着跑着，跑了几圈以后，绳子绕在椅子脚上了。它还是跑，直到一只脚被吊了起来，不能动弹时，才叽呀叽呀地叫了起来。我以为它是在叫痛了，就去帮它松开绳。可是不一会儿，它又绕紧了绳子，吊起一只脚来，而且叫得更响了。我才知道它不是痛而叫，而是因为不能逃跑，才张大了黑嘴在叫唤的。——这样几次以后，小芦鸡真发怒了，它根本不吃米，却一个劲地啄那椅子脚，好像要把这可恶的棍棒啄断才会安静下来似的。

那时候，燕子在我家的檐下做了一个窠，飞进飞出地忙着。只有当燕子在檐下吉居吉居地叫着的时候，小芦鸡才比较的安静。它往往循着这叫声，侧着头，停住脚，仔细听着。燕子叫过一阵飞出去了，小芦鸡却还呆呆地停在那儿好一会。——它是在回想那广阔河边的芦苇丛，回想在浅滩草窠中的妈妈吗？

八、地球村的居民

　　长发的那只并不比我的好些。它一粒米也不吃，只是一刻不停地跑、转，到完全累了之后，就倒在地上不起来了。让它喝水，它倒喝一点点。第三天，长发的小芦鸡死了。长发把它葬在园里，还做了一个小坟。

　　我知道要是老把它吊在椅子脚上，我的小芦鸡也活不长，就把它解开了，让它在天井里活动活动。不过门是关好了的。小芦鸡开始在天井里到处跑，跑了一会儿以后，忽然钻到天井角落上的水缸旁边去了，好久没出来。这时我突然想起：水缸旁边的墙上有个小小的洞，那是从前的猫洞，现在已经堵住了，它会不会钻进洞里去？急忙移开水缸，已经晚了！小芦鸡已经钻进了那个墙洞，塞住在里面了。要想从这洞里钻出去是不可能的，可是它已经钻了进去要退回来，也已经不行。我们想各种办法帮助它出来，最后我甚至要妈妈把墙壁敲掉，可是即使真的敲掉墙壁也没有用，小芦鸡已经活活地塞死在洞里了。

　　为这事我哭了一场，不是为的我失掉了小芦鸡，而是为的小芦鸡要自由却失掉了性命。我觉得这是一件极悲惨的事，而我要对它负责的。

　　只有灿金和王康合有的那只小芦鸡，命运比较好些，他们不光给它吃米，还到芦苇丛里去捉蚱蜢来喂它。有时候，灿金还牵着它到河边去走走，让它游游水，再牵回来，就像放牛似的。所以它活下来了。

　　王康家里养着一群小鸡，他们就让芦鸡跟小鸡在一起。过了半个月，就算解开了绳子，小芦鸡也不逃了；它混在家鸡群里，前前后后地跑着，和别的鸡争食小虫。它比家鸡长得快些，不多久就开始换绒毛，稍稍有点赤膊了。可是，它终究是不快乐的，常常离开家鸡群，独自在一旁呆呆地站立着；而它的骨头突出在肉外，显得那么瘦。

　　大家都说，灿金和王康合养的小芦鸡"养熟"了，说它将会长得很大、很肥的。

　　可是有一天，小芦鸡终于逃走了。那时鸡群在河边的草地上

为自己喝彩

找虫吃，小芦鸡径直走到河边，走到河里，游过河去；对面是一带密密的芦苇，它钻进芦苇丛，就这样不见了。

第二年夏天，天旱，梅花溇完全干了，河底可以走人。有一天金奎叔来敲门，告诉我说，从河对面走来了两只小芦鸡，他问我要不要去捉。我跑去一看，果然，两只小芦鸡在河边走着，好像周围没有什么危险似的，坦然地走着。它们的样子完全跟去年我们捉到的那三只一样。

我看了看，就对金奎叔说："不捉它们了吧，反正是养不牢的。"

金奎叔点点头说："是啊，反正是养不牢的，有些小东西，它们生来就是自由自在的，你要把它们养在家里，它们宁愿死。芦鸡就是这样的东西。"

当悲悯之心能够不只针对人类，而能扩大涵盖一切万物生命时，才能到达最恢宏深邃的人性光辉。

——史怀哲

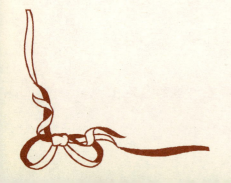

BA DIQIUCUN DE JUMIN

八、地球村的居民

恻隐之心

【李云伟】

汉斯一家住在森林深处，他们靠打猎为生。日子虽然过得并不富足，但对于汉斯来说，他已经很满足了，因为温柔漂亮的妻子和一对顽皮可爱的孪生儿子已使他别无奢求。

这一年的初冬来得似乎特别早，汉斯早早披上了皮袍，坐在院子里开始擦拭他心爱的猎枪。随着寒风的呼啸，汉斯隐约感到不远处的森林里有动物出没的迹象，他竖起耳朵凝神听了一阵，抓起猎枪向森林里跑去。汉斯用鹰隼一样的目光在森林里搜索着，最终他在一片柔如秀发的草甸上看到两个黑影在晃动。凭着猎人的敏感，汉斯知道那是两只黑熊。汉斯抑制不住内心的狂喜，他想：在这个季节，熊皮和熊掌可是能够卖上好价钱的。看上去那两只黑熊似乎小了点，但毕竟有两只啊。今天真算我走运！

汉斯悄悄向目标靠近了一段距离，最后，他侧身躲在一棵大树后，然后把乌黑的枪管对准了目标。他没有急于开枪，而是以一个成熟猎人的稳健在等待最佳时机，他要"一弹双熊"。汉斯耐心地等待着，他感到自己托枪的手臂有点微微发酸，而那两只黑熊还是毫无察觉，它们似乎不像在觅食，而像在无拘无束地尽情嬉闹。突然，汉斯看到那两只黑熊抱成一团。"哎呀，天赐良机！"他险些叫出声来。汉斯闭上一只眼睛，把头俯在枪托上，手指果断地压在了扳机上。他知道只要自己的手指一动，那两只黑熊就会变成自己枪口下的钞票。汉斯果敢地扣动了扳机，但出乎意料的事情发生了，猎枪并没有发出任何动静。汉斯一惊，嘴里狠狠地嘟囔了一句："真他妈的倒霉！"随后他放下猎枪开始检查。最终，汉斯找到了原因，原来自己发现猎物后，一直都处于

兴奋状态，竟然忘了给枪装药，这对于他来说，真是破天荒头一次犯下的大错。他懊悔地捶捶自己的脑门，重新装药上膛。

汉斯用黑洞洞的枪口严密地监视着黑熊的一举一动。那两只黑熊时而在草甸上翻滚，时而追逐打闹，它们泛着光泽的毛上沾满了枯黄的草叶。这时，那两只黑熊不动了，它们似乎有点累了，就用毛茸茸的爪子互相给对方抓身上的草叶。在汉斯眼里这两只憨态可掬的小熊越来越可爱，越来越聪明了。他从来没有见过这么可爱的小家伙。汉斯的心在震颤，他完全被这两只可爱的小熊征服了。他已没有勇气把枪口对准这两个幼小的生命。汉斯转过身把背靠在树干上，沮丧地闭上眼睛，然后缓缓把枪口对准了天空。猛然，他发泄似的扣动了扳机，只听"砰"的一声，枪声震得树上的枯叶如蝶飞舞。随着枪响，那两只小熊猝然停止了打闹，只见它们迅速褪去身上的熊皮，竟露出两张顽皮的笑脸。他们一边跑一边呼喊："爸爸，你在哪儿？我们爱你……"汉斯回头一看，顿觉头晕目眩，险些栽倒。他定了定神，抓起地上的猎枪一折两段。

德行善举是唯一不败的投资。

——梭 罗

八、地球村的居民

一棵大树

【谢尔·西弗斯汀】

从前有一棵树,她很爱一个男孩。每天,男孩都会到树下来,把树的落叶拾起来,做成一个树冠,装成森林之王。有时候,他爬上树去,抓住树枝荡秋千,或者吃树上结的果子。有时,他们还在一块玩捉迷藏。要是他累了,就在树荫里休息。所以,男孩也很爱这棵大树。

树感到很幸福。

日子一天天过去,男孩长大了。树常常变得孤独,因为男孩不来玩了。

有一天,男孩来到树下。树说:"来呀,孩子,爬到我的树干上来,在树枝上荡秋千,来吃果子,到我的树荫下来玩,来快活快活。"

"我长大了,不想再这么玩。"男孩说,"我要娱乐,要钱买东西,我需要钱。你能给我钱吗?"

"很抱歉,"树说,"我没钱,我只有树叶和果子,你采些果子去卖吧,卖到城里去,就有钱了,这样你就会高兴了。"

男孩爬上去,采下果子来,把果子拿走了。

树感到很幸福。

此后,男孩很久很久没有来。树又感到悲伤了。

终于有一天,那男孩又来到树下,他已经长大了。树高兴地颤抖起来,她说:"来啊,男孩,爬到我的树干上来荡秋千,来快活快活。"

"我忙得没空玩这个。"男孩说,"我要成家立业,我要间屋取暖。你能给我间屋吗?"

"我没有屋,"树说,"森林是我的屋。我想,你可以把我的树枝砍下来做间屋,这样你会满意的。"

于是,男孩砍下了树枝,背去造屋。树心里很高兴。

但男孩又有好久没有来了。有一天,他又回到了树下,树是那样的兴奋,连话都说不出来了,过了一会,她才轻轻地说:"来啊,男孩,来玩。"

"我又老又伤心,没心思玩。"男孩说,"我想要条船,远远地离开这儿。你给我条船好吗?"

"把我的树干锯下来做船吧。"树说,"这样你就能离开这里,你就会高兴了。"

男孩就把树干砍下来背走,他真的做了条船,离开了这里。

又过了好久,男孩重又回到了树下。树轻轻地说:"我真抱歉,孩子,我什么也没有剩下,什么也不能给你了。"

她说:"我没有果子了。"

他说:"我的牙咬不动果子了。"

她说:"我没有树枝了,你没法荡秋千。"

他说:"我老了,荡不动秋千了。"

她说:"我的树干也没了,你不能爬树。"

他说:"我太累了,不想爬树。"

树低语说:"我很抱歉。我很想再给你一些东西,但什么也没剩下。我只是个老树墩,我真抱歉。"

男孩说:"现在我不要很多,只需要一个安静地方坐一会儿,歇一会儿,我太累了。"

树说:"好吧。"说着,她尽力直起她最后一截身体:"好吧,一个老树墩正好能坐下歇歇脚,来吧,孩子,坐下,坐下休息吧。"

于是男孩坐在了树墩上。

八、地球村的居民

动物也要过马路

【梦亦非】

夕阳，微风。

道路伸向天涯……

一条蛇蜷缩在余温未尽的柏油路上，享受着阳光温情的抚摸，这时，摩托车笔直地驶过，"啪"的一声，冷血的蛇再也见不到明天的太阳了！

次日，一只知更鸟发现了自己喜欢的蛇肉午餐，停下来准备饱餐一顿，它伸长了脖子。可是，一辆轿车迎面撞来，它从此只能拖着残废之躯行走江湖。

太阳又轮回到了顶上，饿得发晕的乌鸦看到路边垂垂欲死的知更鸟，一个"超胆侠"似的漂亮俯冲，却倒霉地碰上了拐弯处的大货车：它天使似的到天堂向上帝报到去了。

——这连环命案就发生在英国的乡村公路上。据英国一项调查表明：每年丧生于英国车轮下的动物有数百万之多。美国地大物博，动物们也就在车轮下丧生得更可观：仅仅是公路上，每天死亡的动物达100万只。而在美丽的中国，据专家们冬季（动物们出没最少）考察：100公里长的路上，共发现了61处被轧死的动物留下的"血案现场"，有白兔王子、尖刻的刺猬、隐士般的獾、各种鼠类。

"交通死亡动物"日渐成为一个流行的动物保护名词。

流血的死亡只是对动物直接的谋杀，更可怕的是，四通八达的道路阻隔，让物种遗传多样性降低，同一物种基因出现不同的特征。栖息于德国和瑞士南部森林带的一条四车道高速路两侧的堤岸的田鼠，相互间杂交的机会微乎其微，以至于道路两侧原来

是同种的田鼠，如今已出现不同的基因特征。

老外们开始设计野生动物过马路的通道。在美国的佛罗里达州，鱼类及野生动物保护委员会在46号公路上建立了第一条"黑熊通道"：公路被架高，给"熊瞎子"提供一个明亮的视野，减少它们对黑暗狭窄通道的畏惧心理，在公路一侧种植成排的松树，引导熊瞎子走入通道。

德国勃兰登堡公路下方则有许多直径近1米、长度小于30米的涵管，让青蛙公主们过马路去找恐龙哥哥。考虑最周到的是柏林到科隆的铁路，在它经过的河流上，专门为水獭等水陆两栖动物量身订做通道，在通道两侧拉起防护网，阻止动物们上路面。中国的道路设计师也开始把动物当生命看待了，他们为穿越自然保护区最多的青藏铁路设计了多种动物通道：桥梁下方通道、隧道上方通道、路基平交缓坡通道、复合通道。

设置通道的效果非常明显："吃肉公路"Trans-Canada Highway 从加拿大班弗国家公园穿过，每天车流量达14000辆，自从在公路上加设24处动物通道后，"动物交通事故"减少了近80%。

"动物为什么要过马路？"答案是：因为马路切断了动物们原来的生活区域。

一个对动物残忍的人，也会变得对人类残忍。

——汤玛斯·艾奎纳

八、地球村的居民

一只蜜蜂

【克伦·沃森】

有一年夏天的下午,我在山上一连割了几小时柴草,最后决定坐下来吃点东西。我坐在一根圆木上,拿出一块三明治,一边吃一边眺望着那美丽的山野和清澈的湖水。

要不是一只围着我嗡嗡转的蜜蜂,我的闲暇心情是不会被打扰的。那是一只普普通通的、却能使野餐者感到厌烦的蜜蜂。不用说,我立刻将它赶走了。

蜜蜂一点儿也没有被吓住,它很快飞了回来,又围着我嗡嗡直叫。哟,这下我可失去了耐心。我一下将它拍打在地,随后一脚踩入沙土里。

没过多久,那一堆沙土鼓了起来。我不由得吃了一惊,这个受到我报复的小东西顽强地抖着翅膀出现了。我毫不犹豫地站立起来,又一次把它踩入沙土中。

我再一次坐下来吃晚餐。几分钟以后,我发现脚边的那堆沙土又动了起来。一只受了伤但还没有死去的蜜蜂艰难地从沙土里钻了出来。

重新出现的蜜蜂引起了我的内疚。我弯下身去察看它的伤势。它右翅还比较完整,但左翅却皱折得像一团纸。然而,它仍然慢慢地一上一下抖动着翅膀,仿佛在估计自己的伤势。它也开始梳理那沾满沙土的胸部和腹部。

这只蜜蜂很快把挣扎的力量集中在皱折的左翅上。它伸出腿来,飞快地将着翅膀。每将一次,它就拍打几下翅膀,似乎在估量自己的飞翔能力。哦,这可怜的小东西以为自己还能飞得起来!

我垂下双手,跪在地上,以便清晰地观察它那注定是徒劳的

努力。我凑近看了看,心中想,这蜜蜂完了。作为一个飞行员,我对翅膀太了解了。

然而,蜜蜂毫不理会我对它的判断。它继续整理着翅膀,似乎慢慢恢复了力量。它抖翅的速度加快了,那因皱折而不灵活的薄纱似的翅膀现在几乎已被抚平。

蜜蜂终于感到自己已恢复了力量,可以试着飞一飞了。随着一声嗡嗡的声响,它从沙地上飞了起来,但没能飞三英寸远。这小生灵摔得那么可怜,它在地上挣扎着。然而接下来的是更有力地抖翅和扑翅。

蜜蜂再一次飞起来,这一次飞出了六英寸远,最后撞在一个小土堆上,很显然,这只蜜蜂已经能够起飞,但还没有恢复控制方向的能力。正如一个飞行员在摸索一架陌生飞机的特性,它遭受了一次又一次的失败,每一次坠落后,它都努力去纠正新的失误。

蜜蜂又飞起来了。这一次它飞过了几个沙堆,笔直地向一棵树飞去。它仔细地避开树身,控制着飞行,然后慢慢飞向那明镜似的湖面,仿佛去欣赏自己的英姿。当这只蜜蜂消失后,我才发现,自己还跪在地上,已跪了好久好久。

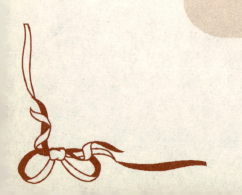

辛勤的蜜蜂永没有时间悲哀。

——布莱克

新人文读本 第2版

小学12卷，初中6卷

   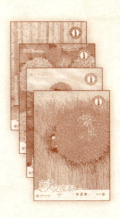

内容介绍

本套丛书充分张扬人文精神，使中小学生感悟爱、和谐、关怀、独立、自尊、创造、责任等饱含人情味和人文气息的人文主题。震撼人心的深刻内涵，创造奇迹的爱心故事，透明纯净的童心天空，温暖人间的美德修养，笑傲挫折的平静坦然，奇趣多彩的自然景观，广博深远的科技前景……缤纷的文字散发着馨香的人文气息，蕴涵着深厚的人文底蕴，引人入胜，发人深省。

系列亮点

精选当代美文　弘扬人文精神
倡导自主阅读　提升写作能力

国家"十一五"重点图书出版规划
· 全国"知识工程"联合推荐用书
· 全国"知识工程·创建学习型组织"联合团购用书
· 教育部全国中小学图书馆推荐用书
· 《中国图书商报》最具创新性助学读物

新科学读本
（珍藏版）

共8册

把科学教育从"题海战术"中解放出来

主编：著名科普作家、清华大学教授　刘　兵

中华人文精神读本
（青少年版）

4册·彩色插图版

 丛书简介

如何对待我们的传统文化是近现代摆在我们面前的一个无可回避的问题，也是一个一直在热烈争论的问题，这也是国学"热"的重要原因。不同的时代面临的问题不一样，因此会有不同的观点。但"古为今用，取其精华"则是共识。《中华人文精神读本》精心挑选数千年来对中国产生过深远影响，而且在今天仍然在被人们所关心的26个主题，并从中国最重要的文化典籍中挑选朗朗上口，思想性和文学性很强的内容呈现给读者。丛书不仅仅是对古代文言进行注释和文意解说，为了便于读者理解，每个阅读单元还提供了生动有趣的小故事，并引申出对今天人们行为的有指导性的启示。图文并茂，生动活泼。

 主编简介

汤一介：北京大学哲学系教授，中国哲学与文化研究所所长，博士生导师。加拿大麦克玛斯特大学荣誉博士学位。美国哈佛大学访问学者，曾任美国、澳大利亚、香港等大学客座教授。中国文化书院院长、中国哲学史学会顾问、中华孔子学会副会长、中国东方文化研究会副理事长、中国炎黄文化研究会副会长、国际价值与哲学研究会理事，国际儒学联合会顾问、国际道学联合会副主席；曾任国际中国哲学会主席，现任该会驻中国代表。

声 明

虽经多方努力，我们仍未能与本书部分作者取得联系，在此我们深表歉意。请相关著作权人尽快与北京大学出版社教育出版中心联系，我们将向您支付稿酬。
邮编：100871